来《らい》来《らい》来《らい》来《らい》来《らい》

本谷有希子

白水社

目次

装丁　榎本太郎（7X_NANABAI.inc）
装画　中村 珍

来来来来来

登場人物

夏目《なつめ》蓉子《ようこ》　夏目家に嫁いできた新妻。元自衛隊所属。

真野《まの》みちる　野鳥園に遊びに来る女子高生。

夏目《なつめ》千鶴子《ちづこ》　蓉子の義姉。夏目家を取り仕切る。

江尻《えじり》アキ　麩揚げ場の従業員。義理の父に想いを寄せている。

赤堀《あかほり》ヒロ子《こ》　麩揚げ場の従業員。村中の男と寝てあげている。

夏目《なつめ》光代《みつよ》　蓉子の義母。自前の野鳥園を作り、出て行った旦那を待っている。

舞台設定

三幕十九場　山間の小さな集落。

第一幕

一場　オープニング

薄暗い舞台で何かが蠢《うごめ》いている。
徐々《じょじょ》に灯《あか》りが差し込んで、それが舞台全体を覆《おお》ったブルーシートであることが分かる。
ブルーシートは強風で思いきり煽《あお》られている。
雨と風の音が入り、台風が直撃している様子。
灯りが差し込んだところに、風に煽られた光代が立っている。
がたつくフェンスの前で鳥を胸に抱いている。
鳥達の声が騒々しく、興奮している。
光代は一心に何かを祈っているようだ。

やがてカッパを着込んだ千鶴子が雨の中、駆け込んできて、

千鶴子　「おかあさん！　逃げました！　ヤスオさん……（と叫ぶが）」
光代　「（フェンスにしがみついて）え？　え？（というジェスチャー）」
千鶴子　「（雑木林《ぞうきばやし》を指差して、身振りで伝えようとするが）」
光代　「え？　エエッ？」

千鶴子、犬小屋の上に駆け上って、

千鶴子　「ヤスオさんが逃げたーーーーーー！」
光代　「…くう……！」

胸に抱いていた鳥を捨て、空に向かって猟銃を打つ光代。

光代　「ヤスオ……！　ヤスオ、ヤスオオオオオオ！」

さらに三発。

音楽。

ブルーシートがひときわはためいて、強い灯りが入る。

舞台を覆っていたブルーシートがなくなり、その向こうには、部屋。

対岸のように静か。

風の音と、光代の打つ猟銃の音も薄く届いて。

カーテンがはためいている開けっ放しの窓の向こうを、ベッドの上から眺めている女、パジャマ姿の蓉子である。

音楽が聞こえ始め、灯りがゆっくり溶け込むように暗くなる。

スライド。


『私の旦那は』

『新婚一ヶ月で』

『夏目の家を』

『捨てた。』

『私は』

『自分が』

『身代わりにされたことを』
『なんとなく』
『直感する。』

二場　雑木林

灯りが入ると、昼。

夏目家の雑木林。

首のぶったぎられた鳥が吊り下げられ、血を垂らし、猟奇的な光景。

そこへ主婦、千鶴子がやって来て、慣れた様子で血抜きされた鳥を下ろし、毛を毟《むし》り始める。

しばらくして蓉子が小走りにやって来て、

蓉子　「ああ、うわあ。すいません、おねえさん。」
千鶴子　「あ、いい。全然いい。こっちこそ後片付け、全部任せてごめんだねありがとね。今日の朝ご飯もおいしかった、さすが。」

蓉子　「そんな、普通の朝食です。」

　　蓉子も鳥をさばき始める。
　以下、二人は鳥の解体作業をこなしながら、

千鶴子　「ううん、もう小料理屋みたいだよだって。（と黙って口をモゴモゴさせ始める）」
蓉子　「（気がついて）……え、おねえさん、どうしました？」
千鶴子　「（モゴモゴさせながら）ん？」
蓉子　「口が、なんかモゴモゴしてますけど……、」
千鶴子　「ん？」
蓉子　「口。」
千鶴子　「ああ、あの、蓉子ちゃんの朝ご飯の上品なやつの中に筋《すじ》があったみたいで、」
蓉子　「筋、はさまっちゃいました？　え、大丈夫ですか。」
千鶴子　「うん……ごめん。全然話変わるけど。」
蓉子　「はあ、（頷《うなず》く）」
千鶴子　「毎日あんな丁寧《ていねい》じゃなくていいわよ？」

蓉子　「へ？」
千鶴子「ご飯よご飯。ババアなんかどうせ歯槽膿漏《しそうのうろう》で口ごと腐って、何食べてるかも分かってないんだし。」
蓉子　「（いまいち分からず）……はあ。」
千鶴子「……あれ、ちゃんと伝わった？　今の話。」
蓉子　「え、あ、ごめんなさい。いまいち分かってないかも、です。」
千鶴子「だからさ、蓉子ちゃんがもっと手ぇ抜いてくんないと、こっちのご飯が下衆《げす》になっちゃうよ、って。」
蓉子　「はあ……（と頷きかけて）え、ゲ、ゲス？」
千鶴子「そーそーゲスゲス。あの、下の衆って書く下衆ね。」
蓉子　「はい。それは……分かりますけど……ご飯が下衆って？　ど、どういう意味ですか。」
千鶴子「うーん、下衆っていうか、品？　品性？　品格？　とにかく蓉子ちゃんの料理ってさ、一言で言えば、お上品、じゃない？　このど田舎《いなか》に似つかわしくないくらいのハイソだと思うんだ、私あれは。んでね、誤解しないでほしいんだけど、お上品はお上品で私も基本的には全然いいと思ってる

蓉子　わけ。大好きだしね、小津《おづ》映画。映画好きなのよ、私。」
千鶴子「（頷く）ええ。」
蓉子　「でも食卓は長男、次男の嫁として比べられることを考えると、もう少し品格、落としてほしいんですけど、みたいな。」
千鶴子「（察して）……あーあーあー。」
蓉子　「そーそーそー。だから、あれでもいいけど。ご飯、もういっそ毎食相当ってことでも。」

間

蓉子　「……え、ええ！　食事、全部私が、ですか……？」
千鶴子「いや、大変よね。分かってる、でもお願いしといてなんなんだけど、蓉子ちゃんにわざわざご飯、下衆に作ってもらうのもおかしな話だなァと思って。おかしいわよね？」
蓉子　「それは、ま、まあ。」
千鶴子「でしょう。」

作業に意識が流れる二人。

蓉子、汗を拭おうと顔を上げて、ふとヤスオが逃げた雑木林の先を見つめる。

千鶴子　「（ぼそりと）ヤスオが蓉子ちゃんとお見合いした本当の理由、教えてあげようか。」

蓉子　「はい？」

千鶴子　「もう別に隠す必要もないし。教えてあげるよ。田舎で出会いがなかったからなんかじゃ、ないんだよ。」

蓉子を手招きして、耳元でごにょごにょする千鶴子。

蓉子　「……（黙り込む）」

千鶴子　「やっぱショックよね。」

蓉子　「だって……おかあさんとずっと同じ布団に……？　嘘でしょう。だってヤスオさん三十七ですよ……ッ？」

千鶴子　「ババアがヤスオさんにとんでもない愛情を注いでたのよ。ヤスオさんもそれが嫌で、見合いしたと思うよ、蓉子ちゃんとは。」

蓉子　「（ショック）……！」

呆然としている蓉子の肩を叩いてくる千鶴子。

千鶴子　「この林だってずっと行くと、隣の村まで通じてるんだけど……途中に有刺鉄線《ゆうしてっせん》あるでしょ？　ジジイが、私の嫁《とつ》いでくるもっと前に、あそこから嵐の晩、逃げたらしいのよ。それでババアがおかしくなってヤスオに執着《しゅうちゃく》して、逃げられないように林を囲ってんだ。」

蓉子　「嵐の晩？　ヤスオさんがいなくなったのも嵐の晩ですよ……？」

千鶴子　「……話変わるんだけど、いい？」

蓉子　「……今、ですか……!?」

千鶴子　「だからね、私の食卓に品性合わせるより、いっそお台所全般任せたほうが気が楽なんじゃないかと思って。蓉子ちゃん絶対そのほうが楽よ。（蓉子を見る）そんなことない？」

蓉子　「…………そう、ですね。じゃあ、私が、」

千鶴子　「もし負担が重すぎたら期間限定にしてもいいのよ？　ヤスオさんが帰ってくるまで、とか。フウウー！」

蓉子　「（ぎこちなく笑う）」

作業に戻る千鶴子。

千鶴子　「蓉子ちゃん。じゃあ、悪いけどいい？　いいね？　お台所のこと全般任せちゃって。」
蓉子　「あ……はい。」
千鶴子　「先に揚《あ》げ場《ば》、行ってますね。」

去っていく千鶴子。
蓉子、鳥を処理し始める。
しばらく黙々と。

蓉子　「……。」

さきほどのことを反芻《はんすう》して、動揺している様子。
そこに物音がして、鳥の首根っこを摑《つか》んだ光代が現れる。
思わず身構える蓉子。
光代は有刺鉄線を肩に巻いている。

蓉子　「おかあさん……。あ、鳥。今日のぶんですか？」

光代　「……（近づいてくる）」
蓉子　「え、何？　何？」

蓉子の目の前でおもむろに鳥を翳《かざ》し、残虐《ざんぎゃく》に首を絞《し》め始める光代。
明らかに見せつけている。
はらわたが煮えくり返った顔である。

光代　「しゅー！　ふしゅーーー！（息が漏《も》れている）」
蓉子　「（怖《こわ》がって）ア……！　ア……！　わあああああ。わあああああああ！」

無造作に鳥を捨てて、そのまま去っていく光代。
ハアハアと息を切らしながら、地べたにへたり込んでしまった蓉子は鳥を拾い上げようとして、

蓉子　「……絶対、あんな怖く殺す必要ないよー……！」

なんとか鳥を片付ける蓉子。ふらふらとその場を去る。

三場　麩揚げ場

揚げ場が現れる。
小屋の真ん中に、生《い》け簀《す》のような油の注《そそ》がれた機械があり、
それを囲むように一斗《いっと》缶《かん》に座った女達が作業している。
窓の磨《す》りガラスの向こうには長男の後ろ姿。
力強く麩《ふ》のタネ（小麦粉）を叩《たた》き付けている。
アキはお麩を揚げながら、シクシクと泣いている。
千鶴子がやって来て、

ヒロ子　「あー、千鶴子さーん。ちょうどいいところに来た！　これどうにかしてよ、

千鶴子　またなんだー。」
アキ　「何ぃ、江尻さん、またなの？」
ヒロ子「ちょっとー千鶴子さんまでー。見離さないでよー（泣く）」
千鶴子「もうさ、単身赴任《たんしんふにん》の旦那《だんな》がバーンと帰ってきたらいいんじゃないの？　そしたら江尻さんと義理のおとうさんにも新展開があるわよ絶対。」
アキ　「（麩を揚げ始めながら）旦那、あと何年だっけ？」
千鶴子「三年は帰ってこれませんけどぉー。でも、あんなクズは私にとって本当にどぉおおうでもいいんですーぅ。」
ヒロ子「やっぱ舅《しゅうと》か。」
千鶴子「やっぱ舅なんだねー。」
アキ　「しょうがないじゃないですか。だって好き……えー好きぃー。（シクシク）あんないい男、もう絶対出会えない。」
千鶴子「そんなことないよ。ちゃんと見てみ？　ばあさんに先立たれたじいさんでしかないよ。」
ヒロ子「本当分かんないんだよね。どこがそんないいの？　何がいいの？」
アキ　「え、言っていいんですか？　いっぱいありますよ？　あの人ね、酒と煙草《たばこ》と賭博《とばく》、穢《けが》れるからって一切《いっさい》手、出さない。」
ヒロ子「真面目《まじめ》だよね。気持ち悪いよね。」

アキ　「気持ち悪いは悪いよ。でもそこがまたかわいいよ。んーなんで（と説明しようとして）あのね、馬鹿なの。馬鹿なのにね、すごい禁欲的なの。ギャップあるね、あの人は。」
ヒロ子「えー、絶対、美化しすぎだって。」
アキ　「うーん。うんうん。それも分かるんだけど……でも好きだからさあ、あの人、あんなに黙っていっつも何考えてるんだろー？」
千鶴子「ごめん、あのさ、もう性欲自体が尽きてる可能性は、ほんとにないんだよね？」
ヒロ子「そう。そうよ。私もそれ怪《あや》しいと思うんだよね。怪しいよね、絶対。」
アキ　「え、ある。」
ヒロ子「え、ないよ。ないない。ね？（千鶴子に）」
千鶴子「ないねー。」
アキ　「嘘。あるって。知らないでしょおとうさんのこと。」
千鶴子「なーいないないない。」
アキ　「待って、違う、性欲はあるんです絶対！　昨日だってほんと、寸前まで行ったし。」
ヒロ子「え、嘘、いったの？」
アキ　「そ！　いったのいったの。」

ヒロ子　「どうやって？　どんなシチュエーションで？」
アキ　「晩酌《ばんしゃく》でほろ酔いにさせて、お風呂上がりに薄着《うすぎ》で……、」
ヒロ子　「ええ！　エロいエロい！　家で？　あのぼろい家で二人きり？」
アキ　「二人きり。おとうさん、お布団敷いときましたからって……生唾《なまつば》だって飲んだんですよ！　んぐって。」
ヒロ子　「生唾、エロい！」
アキ　「エロいでしょ？　なのに、なのに手出さないんだよなー。」
ヒロ子　「息子の嫁とヤルくらいで、器《うつわ》が小さいよね、おとうさん。」
アキ　「ビビってるんですよ。タブーが怖いだけなんです。禁欲的だから。」
ヒロ子　「でもそれ、この世の快楽のほとんど楽しめずに損してるってことだよね。」
千鶴子　「赤堀さんから、そのもったいなさを説明してあげればいいじゃないの、もう。」
ヒロ子　「だよね。私もそう言ったんだけど、」
アキ　「駄目《だめ》ですよ！　赤堀さん便所《べんじょ》なんだから！　絶対説得してるうちにやるに決まってるし！」
ヒロ子　「やんないよ。」
アキ　「やるよ、絶対やる。」
千鶴子　「んまあ確かに。赤堀さんのあそこは優しいからなあ。」

ヒロ子　「私のあそこはねえ、本当に優しいよ。どうしてこんなに優しいのか自分でも不思議になる時あるけど、でも男の人はみんな弱いから、せめて私のあそこで守ってあげないとね。」
アキ　「江尻さんってさ、ほんとにいい便所だよね。」
ヒロ子　「便所じゃない、何、便所じゃないよ。」
アキ　「便所だよ。自覚しなよ。」
ヒロ子　「セーフティネットだよ。」
アキ　「聞いた？　セーフティネットとか言ってるんだけど、どう思います、これ？」
千鶴子　「うーん、なんかもうちょっと、めんどくさい。」
アキ　「ね、めんどくさいですよね、この人（鼻水を啜《すす》る）」
ヒロ子　「あっと、江尻さん！　今、鼻水が油に、」
アキ　「え、嘘、入った？（油に手を入れかけて）熱。ふわ、アッツゥ油！　ごめんなさい、千鶴子さん。これ……！」
ヒロ子　「（網を出して）網で、網ですくいな。」
千鶴子　「ああー、もういいのもういいの。誰も分かんないよ、麩の味なんて。ここでみんなもう好きなだけ泣いたらいいわよ。鼻水でもなんでも垂らしなさいよ。」
アキ　「千鶴子さーん。ありがとうー。」

という内容を一気にぺちゃくちゃやっているところへ、蓉子が段ボールを持って入ってくる。

千鶴子「あ、終わった？　鳥。」

蓉子「終わりました。」

千鶴子「あ、ほんと。ありがとう。じゃあ袋詰めもお願いね。」

蓉子「はい。」

みんなと少し離れたところに座って、油麩《あぶらふ》を袋詰めしていく蓉子。

長男に「おい！」と言われて、その方向へ消える千鶴子。

ヒロ子が腰掛けていた一斗缶から立ち上がって、

ヒロ子「蓉子さん蓉子さん。どうしたの、元気ないみたいだけど。飴《あめ》あげるわ飴。（差し出す）」

蓉子「わあ……ありがとうございます。」

ヒロ子「ちょっと話してもいい？　ごめんね。邪魔《じゃま》だったらすぐどくね。」

蓉子「大丈夫です。」

ヒロ子　「ほんと、ごめんね。あ、分かった。じゃあこれ手伝う（と手伝って）」
蓉子　「ありがとうございます。」
ヒロ子　「え、怖がってる？　怖いよねいきなり。でも全然そんなリンチとかじゃないから。リンチとかしないから、私達。」
蓉子　「はあ、」
ヒロ子　「なんかただ、ヤスオさんのこともあるし、触れられなかったんだ。でももうちょっと話したほうがいいかなーと思って。慰《なぐさ》めたいし。知りたいし、蓉子さんのこと。だからなんでもいいの。楽しくおしゃべりしよ？」

席を立って、コンポから音楽を流すアキ。

ヒロ子　「えー。蓉子さんさ、もうこの夏目のおうちには慣れた？」
蓉子　「いや、まだいろいろあって。でもだいぶ。」
ヒロ子　「そうだよねー。気持ち悪いよね、家に野鳥園あるとか。え、でもさ、もう私達は、ここの鳥ババアの存在は小さい頃から知ってるから風景みたいなもんなのね？　え、それってどうなの？　そうだ、聞きたかった。どう思った？　ここに来て、一番最初。」
蓉子　「最初……そうですね。え、印象ですか、ここの。」

ヒロ子「あ、そう。」
蓉子「印象……古いけど大きいおうちだなって思ったり……あと油麩をどうやって作ってるのも知らなかったし……。」
ヒロ子「うんうん。あ、ねえ。もうちょっと正直に言ってもらっても全然傷つかないよ私達。むしろ言ってもらったほうがいいよ。」
蓉子「あ、じゃあ地獄みたいだなーと。」

間

ヒロ子「嘘。思ったの？　ここの生活が？」
蓉子「あ、ここの生活じゃなくて、その、煮えたぎった油が。」
ヒロ子「あー。油……。」
蓉子「覗《のぞ》き込むっていうか、囲んでる感じが？」
ヒロ子「……そうかそうか。」
蓉子「（さりげなくなかったことにして）……でも、野鳥園。敷地に野鳥園があったのが一番びっくりしましたかね、やっぱり。あれっておかあさんの個人の趣味なんですよね？　あんないろんな種類がいて、入園料まで取るなんて、うわー本格的じゃんよう！　やるじゃんよう！　って初めて見たときアタシ……。」
アキ「ねえ、そもそもなんで蓉子さんはヤスオと結婚したの？」
蓉子「……。」
ヒロ子「そんなこと今、聞かなくてもよくない？」
アキ「だって確かに顔はいいけどさ、男なんていくらでも選べるよね、蓉子さんなら。なんでわざわざ都会から嫁いできてまで、ヤスオ選ぶ必要があったのか、あれ、聞いちゃ駄目なんだっけ？」
蓉子「……。」
ヒロ子「ほら、まだそこまでの間柄じゃないよ私ら。（蓉子に）あの、そういうこと噂《うわさ》する時間は無限にあるから。言いたくないなら無理しなくていいんだよ。」
蓉子「すいません……。」
ヒロ子「いいよいいよ。それより、かわりにこっちからお願いしておきたいことがあるんだけどさ。聞いてくれない？」
蓉子「……え、なんですか。」
ヒロ子「この家を出て行こうみたいなこと、まだしばらく考えないでくれる？」
その時、磨りガラスの向こうで『オルァ！』という長男の声。
千鶴子がタネを思いきり何度も体に叩き付けられているらしい。

アキ　「……ね、ひどいでしょ。麩の、こねたタネをね、ああやって千鶴子さんで押し潰《つぶ》して、空気、抜いてるんだよ。」
ヒロ子「完全に鬱憤《うっぷん》ぶつけてるよね。」
千鶴子「痛い痛い、もー。（笑っている）」

ドアから千鶴子が入ってくる。
手には長男から受け取ったタネ。
それをボウルに入れて、また外に出て行く千鶴子。
『オルア！』が繰り返される。

ヒロ子「ヤスオがいなくなってから特にひどいんだよね。こんな状態で、もし蓉子さんまでいなくなったら、千鶴子さん絶対殺されちゃうと思うんだ。」
アキ　「怖がっちゃうよ、そんなふうに言ったら。」
ヒロ子「え、でも私と彼女、長い付き合いだから分かるけど、もう相当《そうとう》心に来てると思う。」
アキ　「うん。それはきてるよ絶対。」
ヒロ子「でしょ？　きてるよね？」

アキ　「きてるけど、そんな言い方したらあれだって。あのさ、千鶴子さん、悪気はないのよ、蓉子さんにもいろいろ八つ当たりしてきてると思うけど。」

ヒロ子　「うんうん、あれなだけなんだよね。蓉子ちゃんが結婚したことで、ヤスオが逃げて、バアさんがキレて、長男が千鶴子さんに……みたいな、ちょっとループしてんだよね。」

アキ　「この家って、嫁と姑の確執《かくしつ》もあるし、長男と次男のあいだもちょっとややこしいんだけどさ。ちゃんと説明していくと五時間ぐらいかかるからできないんだけど、まあ、とにかく許してあげてくれない？　私達も状況は隙《すき》あらば変えていこうと思ってるし。ね、赤堀さん？　振る舞ってるよね、明るく。」

ヒロ子　「振る舞ってる。」

受け取ったタネを手に戻ってくる千鶴子。

千鶴子　「痛い痛い。痛いなあ、もー。」

磨りガラスの向こうを長男らしき人影が歩いていなくなる。

ボロボロになった千鶴子、蓉子のほうへと近づき、

千鶴子　「あ、何。飴？　飴？　私にもくれる？　（舐《な》めながら）あー飴。あー飴おいしい。あああ！　ああああ！（奇声）」
蓉子　「お、おねえさん、大丈夫ですか。血が出てますけど……。」
千鶴子　「（包みをくるくるして）もういっそ、野鳥園関係も全部蓉子ちゃんにお任せってことでいいかもしれないね……。」
蓉子　「ええ……！　それは……。」

言葉を濁《にご》し、ヒロ子とアキに視線を走らせる蓉子。
頷けと指示を送る二人。

千鶴子　「駄目？」
蓉子　「……。」
アキ　「行くんだったらもう行ったほうがいいんじゃない？　そろそろ餌《えさ》やりの時間だし。」
ヒロ子　「うん、行ったほうがいいよ。バアさん待ってるよ。」
アキ　「餌、納屋《なや》の中にあるからね。」
蓉子　「……。」

「そんな！」と思いながらも出て行く蓉子。
千鶴子、飴の包みをいじって見送って、

千鶴子「……赤堀さん、江尻さん。私さ、やっぱり実行させてもらいたいんだけど。」
ヒロ子「(どきどきしながら) やるの、嘘、千鶴子さん。」
アキ「え、今日？　嘘でしょ。今日やるの？」
千鶴子「夕飯の時に。」
ヒロ子「ちょっと、でも早すぎない？　まだ心の準備が……。」
千鶴子「そうだねごめんだね。でも……血も出たし、もう限界よ。血も出たし……。二人とも、そのクーラーボックス持ってついてきて。」

二人を手招きして出て行く千鶴子。
ヒロ子とアキ、目で「どうする？」的な会話をしながらも、後を追っていき……。

四場　野鳥園

舞台に野鳥園らしき一部が現れる。
鳥の声がしている。
フェンスから鳥を出して、愛でている光代（マイム）。
そこへ長靴を履《は》いて、おたおたと餌を運んでくる蓉子。

蓉子「あのう……、」
光代「……（ヤスオッ？　と振り向く）」
蓉子「いえ、すみません……蓉子です。おねえさんに今日から代わりを頼まれて……、」

光代　「……。」
蓉子　「アタシなんかじゃお嫌でしょうけど。」
光代　「あんたが面倒みるのか？　私の大事な鳥達を……あんたのくせに？」
蓉子　「おねえさんに頼まれたので……。」
光代　「（じっと見て）鳥は好きなんだろうな？」
蓉子　「えと、好きなほうかと。」
光代　「……何が一番好きなんだよ？」
蓉子　「一番好きなのは……やっぱり孔雀《くじゃく》ですかね。あっちにいる、つがいの、まだ羽広げたところは見たことないんですけど。」
光代　「あれはうちで一番客が引ける鳥。（と背を向ける）」
蓉子　「お客さんは、どのくらい来るんですか？」
光代　「……。」

無視して鳥小屋を開ける光代。「入れ」と顎《あご》で指図。
怖々《こわごわ》、足を踏み入れる蓉子。

蓉子　「ここは、なんの鳥小屋、」

フェンスの扉のほうに歩いていって、扉をしめてしまう光代。

蓉子　「何するんですか、おかあさん……！」

光代　「（背で開かないようにして）うるさい！　なんだっていいだろう！　あんた何されても文句言えない立場だろうが！」

蓉子　「ええ！」

光代　「ええじゃないよ。あんたさえ嫁に来なかったら、今頃……あんたがうちの息子に愛想尽《あいそつ》かされたせいで、こんなことになったんじゃないの？　違うの？　あんたに分かるか。自衛隊なんぞに入って嫁に行き遅れた人間に、私の今の気持ちが……！　ヤスオ返せ！　私のヤスオ、返せ……！（フェンスをがしゃん）」

蓉子　「きゃー！」

光代　「……一応、聞いてやるよ。私は優しいんだ。その豚みたいな声で答えるがいいよ。ねえ、あんたはちゃんと自覚してるの？　自分の、犯した罪を。」

蓉子　「……おかあさんの、」

光代　「……。」

蓉子　「ヤスオさんに逃げられた辛《つら》さは分かります……でも、私だって……！」

光代　「ううう！（がしゃん！）」

蓉子　「きゃあああん！」

光代　「でも？　でもっつった今。もういいよ。終了だよ。それだけであんたの気持ちのなさが伝わったね。終了だ。あんたは私をどれだけ苦しめているか、やっぱり全然分かってなかったよ。あのさ、じゃあこっちも言わせてもらうけど、君、その頭の小ささ、なんなの。なんのつもりなの。脳味噌《のうみそ》、漏れてるの？　脳味噌、鼻から全部出たの？　顔も何それ、なくなるつもり？　顔なくなるつもり？」

蓉子　「お義母《かあ》さァん……！」

光代　「知ってるよ。この野鳥園も、心の中じゃただの小学校のこぎたない飼育小屋だと思ってるんだろう？　鳥、しょぼいって、そう思ってんだろう？……くそったれが！」

とそこへ、スケッチブックを抱えた制服姿の少女が現れる。
二人のやりとりを横目に、違うフェンスにいるらしい鳥をデッサンし始めるみっちゃん。
光代、気づいて、

光代　「客がどれくらい来るか聞きたい？　いいよ、答えてやる。……あの人、一人だよ。平日の昼間からスケッチブックを抱えたあの学生さんがたった一人、来るか来ないかだ。他に質問は？」
蓉子　「（首を横に振る）」
光代　「……あんた、全力で鳥達の世話しな。私の大事な鳥を一匹でも死なせたら……恐ろしいぞ。」

光代、フェンスから去っていこうとする。
光代の歩きは遅い。体があまり言うことを聞かないらしい。

蓉子　「あ、あの……！」
光代　「（足を止める）」
蓉子　「餌やりと、糞《ふん》の掃除はやれると思うんですけど……あれはどうしたら。」
光代　「（あれ？　あれって？）」
蓉子　「あの、なんていうんですか。……殺していい鳥？　夕食に出す鳥？　どうやって選べば……っていうかアタシが勝手に選んでいいものなんでしょうか。」
光代　「駄目に決まってるだろ。」
蓉子　「ですよね。」

光代　「粗末《そまつ》にしていい命は、私がその日の気分で選ぶんだ。今日の気分だと……あれ（と指差して）。」
蓉子　「（目を細めて）あれ？」
光代　「うずらだ。あの命は粗末にしていい。」

息を漏らしながらみっちゃんに近づいていき、肩を叩く光代。
百円を支払うみっちゃん。
受け取り、光代、去って行く。
蓉子、フェンスから出てきて、

みちる　「……大丈夫？」
蓉子　「……ねえ、みっちゃん。これアタシの勘違いかなあ。かなり怖いと思うんだけど、あの人。」
みちる　「う、うん、全然勘違いじゃないと思うよ。」
蓉子　「だよねえだよねえ。何だろう。歳取るとみんなあんなふうに素直になってくのかなあ？　あれってもう、ある意味素直だよね。あそこまで敵意をさ、ぶつけろって言われてもぶつけられるもんじゃないよ普通。（のろのろと餌やりをしながら）……アア！」

みちる　「何。どうしたの？　蓉子ちゃん。」

蓉子　「みっちゃん、今のってさ、これまでは若干《じゃっかん》様子見てたけどもはや容赦《ようしゃ》しない、的なそういう、あれだった？」

みちる　「どうだろう。前後を知らないけど、もしかしたらそうかも……。」

蓉子　「（パニック）ぎゃー！」

みちる　「蓉子ちゃん、ここじゃあれだから、部屋行く？　部屋行ってから考える？」

蓉子　「ああ、うん、そうだね。そうしよう……。」

みちるに支えられて、よろよろと歩く蓉子。

蓉子の部屋、現れる。

五場　蓉子の部屋

雑木林に面した窓から、靴を持って侵入する二人。
慣れた様子。

みちる　「蓉子ちゃんは別にここからじゃなくてもいいんだよ?」
蓉子　「いいの。いいの。私も顔あわせたくない。」

ベッドに伏せる蓉子。

みちる　「蓉子ちゃん……。」

蓉子　「やっぱりアタシは結婚なんか向いてなかったんだ。馬鹿だな、アタシは。あのまま自衛隊にいればよかったのに、ここにきて女の幸せはなんだろうとか余計なこと考えちゃって……。」

みちる　「（写真立てを手に取って眺める）」

蓉子　「……みっちゃん、アタシこう見えて結構体力あるのよ。足だって早いほうだったし、粘り強さだってかなり…………嘘。ごめん、嘘、今、吐《つ》きました。アタシは落ちこぼれだったよ。友達と半分冗談で陸上自衛隊のテスト、受けてみたら受かっちゃって『国、アタシでいいのかよ』と思ったもん。こんなんじゃ戦争すぐ負けちゃうって……でも意外とハマっちゃってさ。嫌いじゃないんだ、精神論。ってごめんね、愚痴って。主婦の愚痴ほど鬱陶《うっとう》しいもんないよね。」

みちる　「いいよ。蓉子ちゃんの場合、全然主婦の愚痴じゃないし。」

蓉子　「あれはうまくいった？」

みちる　「ああ、あれ？　うん。ありがとう。うまくいったかは分からないけど、見せたよ。（と写真を取り出して）このムキムキマッチョがネットで知り合った彼氏だよって言った。みちるのこと虐《いじ》めたやつ全員狩るってぶちキレてたよって。」

蓉子　「そしたらみんな、なんて？」

みちる　「嘘～みたいな目してたけど、半分くらいは信じてたっぽい。すごいね、蓉子ちゃんの作戦。」

蓉子　「いやいや、みっちゃんのかわいさがなかったら全然説得力のない話さ。ブスじゃ駄目さ。アタシが話しかけたのだって、鳥小屋の前で泣いてるみっちゃんがあまりにかわいかったからだもん。」

みちる　「この写真の人の、リアルにキレそうな感じも説得力あったと思う。これ結局、誰なの？」

蓉子　「……上官。元職場の。ふふ、すごいでしょ、女なんだよその人。」

みちる　「……ええ！」

蓉子　「アタシ、こいつに目ぇ付けられてヤバかったんだから。よく耐えたと思うよ自分でも。正直、アタシがあそこに留まり続けたのは、この人から逃げたくなかったから。ただそれだけだもの。」

みちる　「すごい根性だね。」

蓉子　「過酷な環境ほど自分って成長できるんだよ、みっちゃん。」

みちる　「本当？　じゃあ今の環境も大丈夫って思ってるの、蓉子ちゃんは。あんなバアさんの言いなりになり続けるの？」

蓉子　「……だって。旦那さんが戻ってくるかもしれないじゃ～ん。」

みちる「……戻ってはこないだろう！　え、嘘でしょ蓉子ちゃん！　新婚一ヶ月で蓉子ちゃんのこと身代わりにして出てった野郎だよッ？」

蓉子「でも……考えたんだけど、それはあくまでバアちゃんのやばさに耐えかねて出て行ったのかもしれないよ。そしたらアタシだけこっそり迎えにきてくれる可能性はまだ、」

みちる「ないだろう！　蓉子ちゃん、目を覚まして！」

蓉子「ないのかなあ。やっぱないのかしら、可能性。（抱き枕を抱えて）……あの人ね、この家にアタシのこと初めて連れてきた時、孔雀の檻《おり》の前でプロポーズしてくれたのよ。自分はここで育って、羽広げたこいつらが一番きれいだと思ったから、一番きれいは蓉子ちゃんにも見てほしいって。結婚したら一緒にきれいをいっぱい見ようって。アタシ、ずっと迷彩柄《めいさいがら》とかしか見てこなかったから、そんなこと言われて嬉しかったのよ。生きてきて一番感動したんだよ。」

みちる「（せんべいを食いながら）ヤスオ、女心くすぐるなー。」

蓉子「（せんべいを食いながら）やっぱり少しは愛があったんじゃないかしら。」

みちる「うーん。愛かなー？」

蓉子　「みっちゃんてば辛口《からくち》。千鶴子おねえさんにこの話したら、それは絶対純愛だ応援するって。」

みちる　「千鶴子さんね。私、何度か挨拶《あいさつ》したことあるけどあの人なんか苦手。なんか……、」

ドンドンと部屋の扉をノックする音。

千鶴子　「（声だけ）蓉子ちゃーん。いる～？　餌やり途中でやめちゃって、どうしたー？　お陰《かげ》で私、ババアにえらいキレられようよー。」

みちる、慌《あわ》てて布団に隠れる。蓉子、ドア越しに、

蓉子　「すいません、おねえさん。あの、今すぐ……、」

千鶴子　「あ、今すぐやれる？　あそう。あ、じゃあ頼むわね悪いんだけど。あ、それから昼食と夕食ね。そっちも忘れないでね。あ、品格も落としてね。」

去って行く千鶴子。

布団から出たみちる、物言いたげな目つきで蓉子を見る。

蓉子　「いいんだ、アタシには孔雀の思い出があるから。」
みちる「……。」

六場　夏目家食卓

別場所に食卓テーブルが現れる。

光代が上座に座り、向かいに千鶴子が座っている。

光代も千鶴子も何もしない。

居心地悪そうにしているアキとヒロ子が、二人で炊飯ジャーからご飯をよそったり、箸を配ったりしている。

光代　「（二人に）ねえ、あんた達なんでいるの？　なんで人んちの夜ご飯にいるの？」
ヒロ子　「あの、まあ……、（濁して）」

アキ　「あの、箸《はし》どうぞ。」
光代　「私はフォークがいい。」
アキ　「あ、フォーク。フォークですか。(取って) どうぞどうぞ。」
ヒロ子　「タダシさんは外で食べてくるそうです……。」
光代　「え、そうなの。」
千鶴子　「……。」

台所があるらしき方向から、蓉子が料理を運んでくる。

蓉子　「あの、うずらをつぼ抜きにして、中に詰め物をしてみました……(とか言いながら皿を置いて)」
千鶴子　「(チラッと見る)」
蓉子　「あの、下品《げひん》な詰め物です。野菜をぶち込んだだけの……。」
光代　「(手を合わせて子供のように) いただきます。」

光代が食べ出し、みんなも食事を始める。

千鶴子　「……今日はうずらの命を粗末にしたんですね。」

光代　「（ご飯をもりもり食べながら）ん？」
千鶴子　「おかあさんの愛情表現はほんと分かりにくいから。うずら、あんなに可愛《かわい》がってたじゃないですか。うずらうずら〜つって。」
光代　「……ん？」
千鶴子　「ヤスオさんがいなくなってから、今までに増してやってることと言ってること矛盾《むじゅん》してません？　さっきまで可愛がられてたのにいきなり食われるって、そんな、何それは。ＳＭですか。」
光代　「違う。」
千鶴子　「あ、違う。じゃあ何Mですか。というかねー、どっちにしろ異常行動ですそれ、おかあさん。カニバリズムですそれ。」
光代　「（アキとヒロ子を見て）なんでこんなこと言うの、この人？」
千鶴子　「それから雑木林の有刺鉄線？　あれもまたご自分でせっせと直してらっしゃるみたいですけど、なんていうか、あれもねー、痛々しいかな。痛々しいというか、常軌《じょうき》を逸《いっ》してるかな。いい加減、ヤスオさん離れしたらよろしいのに。ヤスオヤスオヤスオつって、異常ですわおかあさん。ヤスオヤスオつって。近親相姦《きんしんそうかん》ですね、もう。」
ヒロ子　「ああ！（とご飯をこぼす）」
蓉子　「おねえさん……！」

光代　「……お前に、お前に私の気持ちなんか分かんないよね？」
千鶴子「あら？　そお？　分かると思いますよ。おかあさんは要するにあれでしょう。おとうさんに逃げられたから、代わりにヤスオさんに自分を愛してもらおうとしたんですわよね。ヤスオさんはおとうさん似で、二枚目だもの。不細工《ぶさいく》で強情《ごうじょう》な長男は、さぞかしどうでもよろしかったんでしょう。ま、ま、しょうがないです。タダシさんはブスオですから。でも可哀想《かわいそう》に。おかあさんに構ってもらえなかったせいで、あの人、性根《しょうね》がものすごい腐っちゃったんですよ。悲劇ですよ、ギリシャ神話ですよ。ちゃんとそばにいるあの人を可愛がれば、それでよかったのに。ヤスオヤスオつって、ヤスオさんはあなたの気色《きしょく》悪さに耐えられなくて逃げたんですから。」
光代　「ぐ、ぎ……。（爆発しそう）」
千鶴子「ああ、それともあれ？　不細工な息子だと、やっぱりいやらしい気持ちになれないから物足りないのかなあ。」
光代　「（ぶち切れ）千鶴子ォオオオ！　殺しちゃるからな！　ワレ、殺しチャルからナアアアア！」
蓉子　「おかあさん！」
千鶴子「（立ち上がって）赤堀さん江尻さん、ゴーよゴー！　ゴーゴーゴー！」
アキ　「赤堀さん、何してんの、早く早く！」

ヒロ子、アキ、走り去る。
食卓から立ち上がって千鶴子を追いかけようとする光代。
手にフォークを握りしめて、近づいてくる。

蓉子　「おかあさん、遅い！」
光代　「千鶴子ォ！　馬鹿にしやがって！　千鶴子ォオオオ！」
千鶴子「ババア！　ババアアアアア！」
蓉子　「おねえさん、なんなんです、ゴーって。」
千鶴子「蓉子ちゃん、揚げ場のほうまでババア連れてきて。」
蓉子　「ええ？」
千鶴子「いいから！　任せたわよ！　（光代に）エーローい！　エーローい！」と言い捨てて）」

走り去る千鶴子。

光代　「エロいって言うなあああ！」
蓉子　「？？？」

わけも分からず、落ちた食器などを片し、とりあえず光代と一緒に舞台上を去る蓉子。

別部に揚げ場が出てくる。

七場　麩揚げ場

大きいクーラーボックスを運ぶアキとヒロ子の姿。
走り込んでくる千鶴子。

千鶴子　「二人とも用意できてるねッ？」
ヒロ子　「できてるけど……え、本当にやるの。本当にやっていいの、こんなこと。」
アキ　「前代未聞《ぜんだいみもん》よ。私ら新聞に載るかも分からんよ。」
千鶴子　「旦那の暴力がエスカレートするよりマシだわ。」
ヒロ子　「でもこれでますます悪化するなんてことない？」

アキ　「ね。そうよね。この作戦、火に油……、」

千鶴子　「もういいのいいの、もぉおおほんとどうでもいいのもうどうでもいいわー！　私はね、あのババアに今までさんざこき使われてきたの！『こき』なの私！　こんな油染みたところでざーってざーって（仕草をして）……麩！　麩！　麩……！　こんなもの揚げるために生まれてきたんじゃなーい……！」

磨りガラス越しに蓉子に付き添われた光代がやって来る。

光代　「（声だけ）お前みたいな糞《くそ》、嫁にもらってやった恩、忘れやがって。壊しチャルからナア……！　千鶴子、お前から壊しチャルからナア……！」

アキ　「お前からって言わなかった、今？」

蓉子　「おねえさん？」

ドアを開けた蓉子の手を取って、中に入れる千鶴子。

千鶴子　「蓉子ちゃん、そのままドア塞《ふさ》いでて！　絶対中に入れないで！」

蓉子　「え？　え？」

窓を開ける千鶴子。光代に向かって、

千鶴子「おかあさぁ〜ん。こっちこっち。あの、つかぬことをお聞きしますけど、おかあさんがあの肥《こ》え溜《だ》めみたいな、ノグソみたいな、ノグソ野鳥園大事になさってるの、あれもおとうさんへの未練《みれん》ですわよねぇ？　おとうさんの趣味だったんでしょう？　バードウオッチング。」

光代「そんなことどうして知ってる！　誰から聞いた？」

千鶴子「というより、みんな知ってる話ですけど？　おとうさんと結婚してもらうために、おかあさんが冗談真にうけてあの野鳥園、貢《みつ》いじゃったんだって。必死すぎて捨てられたんだって。ねえ？（と二人に）」

ヒロ子「（小声で）やめて！　千鶴子さん、こっちにふるのはやめて！」

千鶴子「で、その貢ぎ物の目玉が、こいつだったんでしょう？」

クーラーボックスの蓋を開ける千鶴子。

窓から中を見ていた光代、しばらくして、

光代「千鶴子、お前……それ、」

張りつめる間。

次の瞬間、ドアを塞いでいた蓉子が、

蓉子「アア！」

アキ「え、何ッ？」

ヒロ子「どした？　どしたの？」

蓉子「（もう一方の窓の向こうを指さして）く、く、く、孔雀……！　あっこの孔雀が……こう、羽広げ……！」

アキ「こんな時に？」

蓉子「（感極まって窓に近寄り）結構、遠い……！　けど、嬉しい蓉子。やだ泣いちゃうよ、こんな……あれ？　……あれ？　でもおかしいな。一匹？　なんで、一匹しか、」

光代「揚げる気だな！」

間

蓉子「……（振り返る）」

千鶴子　「（ゾクゾクしながら）見て下さい、おかあさん、私の、この、鳥肌。こいつとどっちが鳥肌かしら？」

光代　「……やめろ、千鶴子。」

千鶴子　「おかあさんが悪いんですよ。おかあさんが、私のあの人のこと、悪くしたから。」

蓉子　「おねえさん、ねえ、あの、それ何が入って……？」

千鶴子　「赤堀さん江尻さん。……ゴーよ。」

無視して合図する千鶴子。

暴れる鳥の声。

ヒロ子とアキが「せーの！」とクーラーボックスを油に向かって傾けようとする。

蓉子、腰の力が抜けてへたり込んで。

蓉子　「……や、や、やだあああ！　駄目ぇ！　いや！　いやあああああああん！」

暗転。

スライド。

『そのあと、』
『私と旦那の大切な思い出は』
『断末魔をあげながら』
『かなり衝撃的な感じで揚げ死んだ。』
『羽を毟り取ったおねえさんが、』
『どうしてだか分からないけど』
『自分で煮えたぎった油に』
『飛び込んだので驚いた。』

灯り、一瞬、戻る。
孔雀の羽が散乱する中、油の中に立っている千鶴子の姿。

千鶴子　「（孔雀の羽を巻きながら）うはははは！　うははははははーーーー！」
光代　「（指差して）ああああああ！　あああああああ！」
アキ　「ち、千鶴子さーん！」
ヒロ子　「えええええええ！」

蓉子　「…………。」

灯り、消える。
スライド。

『孔雀の羽は』
『どう見ても』
『きれいじゃなかったけど、』
『これはこれで』
『一生』
『忘れられない光景！』

第二幕

八場　野鳥園B

ホウキとチリトリで鳥小屋の掃除をしている蓉子。
ふと手を止めて薬指の指輪を握って、

蓉子　「ヤスオさん……。蓉子、孔雀見たんだよ。孔雀見たんだよ、蓉子。」

と目を瞑《つむ》る。
しかし息が続かなくなったように顔を上げて、

蓉子　「……どうしてもあっち（の悪夢）が蘇《よみがえ》る……！」

ハアハアしているところへ、スケッチブックを持ったみっちゃんが金網の向こうにやって来る。

みちる　「蓉子ちゃん蓉子ちゃん！」
蓉子　「おお、みっちゃん。どした。今日も学校さぼり？」
みちる　「う、うん。っていうかこれ、それよりこれ見て。」

スケッチブックを網目から入れようとするみっちゃん。

みちる　「あれ。入らない。なんだよ、全然入らない……！　何ー！（とガンガン突っ込む）」
蓉子　「お、落ちついて。その大きさは絶対無理だよ……。下から通したら？」
みちる　「何ー！（と言いながら下から通す）」
蓉子　「（受け取って）……これ、見てもいいの？」
みちる　「うん。どんどん捲《めく》って。」

スケッチブックを捲っていく蓉子。

蓉子　「みっちゃん、鳥全然スケッチしてないじゃん！　拷問《ごうもん》風景ばっかだよ！」
みちる　「いいから！　最後のところ見て！」
蓉子　「（震《ふる》える）エグいよう……。」
みちる　「あ、それ！　たぶん今のそれ！」
蓉子　「これ？」

スケッチを凝視《ぎょうし》する蓉子。

蓉子　「なんなの、この男と女が腕組んでる絵。」
みちる　「ヤスオさん、見たの。」

間

蓉子　「え？」
みちる　「学校行きたくなくて電車で行けるところまで行ってみようと思って適当な駅で降りてみたのね。そしたら商店街の不動産屋の前で物件見てるカップルがいて……ねえ、それヤスオさんだよね？　私、蓉子ちゃんの部屋の写真立てで顔、覚えてたから絶対そうだと思う。」
蓉子　「え、これヤスオ？」
みちる　「やっぱ女といたよ！　蓉子ちゃん、最初から身代わりだったんだよ！　これで分かったでしょ？」
蓉子　「分かったって、でもこれ絵だし……法廷画《ほうていが》みたいだし……」
みちる　「携帯壊されて持ってなかったんだもん。信じたくない気持ちは分かるけど、これが現実なんだよ。」
蓉子　「……みっちゃん、でも……微妙だよ……。」
みちる　「じゃあ行こう、一緒に！　私、あと付けてあいつらのアパート探し当てたんだ。乗り込もうよ。」
蓉子　「……うん、そうだね……。（と言いながらノロノロと掃除を始める）」
みちる　「蓉子ちゃんッ？」
蓉子　「夕食の支度もあるのよ。おねえさんからも目が離せないし……。」
みちる　「だから確かめに行こうって言ってるんだよ？　なんでこんな男の家族の面倒、蓉子ちゃんが見なくちゃいけないの？　千鶴子だって勝手にテンションあがって油に落ちて歩けなくなったんでしょ？　離婚すりゃいいじゃん。このままじゃ蓉子ちゃん、過労死で死んじゃうってぇ……！」
蓉子　「だって逃げたことになるよ、それじゃ。」

みちる「……え、ん、なんで？」
蓉子「嫌なの。性に合わないの。アタシは、アタシの人生の試練を逃げ出すんじゃなくて、乗り越えるほうが好きなんだよ。」
みちる「だって……何がどうなったら乗り越えたことになるの……？」
蓉子「とりあえず状況に耐えてみるわ。限界まで。」
みちる「……なんかさ、逆に不健康じゃない？　それ。」
蓉子「大丈夫だよ。ご飯を三食ちゃんと食べてれば、人はそうそうおかしなことにはならないんだから。」

掃除をしている蓉子を見ている、みちる。

みちる「……蓉子ちゃんはそうやって私が弱い人間だって、馬鹿にしてるのかな？」
蓉子「え、なんのこと？」
みちる「私が辛いことからすぐ逃げ出すって……軽蔑《けいべつ》してるのかな？」
蓉子「違うよ、みっちゃん。そんなこと言ってな、」
みちる「言っとくけど、あなたのこないだの作戦、失敗だったから！　私は今、虚言癖《きょげんへき》あるって前よりもっと孤立してるから！」

蓉子　「……そうだったの？　ごめ、」

みちる　「そんなに試練が好きなら……うん……うん、分かったよ。頑張って乗り越えてね、蓉子ちゃん。」

去って行くみちる。

蓉子、あとを追おうとするがポケットの中の携帯がワン切りされる。

仕方なく見送って。

九場　麩揚げ場

揚げ場が現れる。
ヒロ子とアキと千鶴子がいつものように働いている。
千鶴子は車椅子に乗っている。
しばらく無言でみんな作業していて、

千鶴子「（ぼそりと）旦那が優しくなったわ。」
アキ「……マジですか？」
千鶴子「うん。気のせいじゃないと思う。もう全然殴られないし、口調とかも若干ソフトなのよね。……どう思う？」

ヒロ子　「やっぱその見てくれじゃない？　こんな身体的に弱ってる人、痛めつける気にならないよ絶対。」
千鶴子　「私を敵に回すと怖いってこと思い知ったのね。」
アキ　「ところで千鶴子さん、それ、いつ治るんですか。私、一ヶ月経っても未《いま》だに、あの地獄絵図、夢に見るんですけど。」
千鶴子　「これね……治らないよ。」
アキ　「やっぱり！」
千鶴子　「でも旦那も優しいし、蓉子ちゃんに一切合切面倒見てもらえるから、前よりも吹っ切れて幸せ……、」

入って来る蓉子。

蓉子　「おねえさん、呼びました？」
千鶴子　「うん。呼んだ呼んだ。ごめんね、おしっこ出そう。」
蓉子　「（頷く）じゃあ今、溲瓶《しびん》持ってきます。洗って井戸のところに乾かしたままなんで……。」
千鶴子　「うんうん。そこまで急ぎじゃなくて大丈夫よ。」
蓉子　「はい。」

千鶴子　「あ、待って。井戸か。だったらついでにババアの様子も見てきてくれる？」
ヒロ子　「雄《おす》の孔雀、まだ見張ってんでしょ？　可哀想だよ。悪い殺生《せっしょう》したよ私ら。」
アキ　「そろそろ謝って安心させてあげたほうがいいんじゃないの？」
千鶴子　「いいのよいいのよ。いつ最後の一匹も殺されるか分からない緊張感で死ねば。」
アキ　「やっぱ鬼だわ、この人。」
蓉子　「（ブッブツ）あ、じゃあ食事も一緒に持ってっちゃおうかな……。あ、だったら、やっぱおしっこ先がいいか。」
千鶴子　「蓉子ちゃん、私、十分くらいならまだ我慢できるわよ。」
蓉子　「そうですか。ならすぐ戻りますんで。」

小走りで出て行く蓉子。

千鶴子　「なんならババアにとどめさしといてよー（ゲラゲラゲラ）。」
アキ　「蓉子ちゃん、完全に一番の犠牲者よね。」
千鶴子　「人のことはいいから、江尻さん。自分はどうなの。おとうさんとなんか

油麩

アキ　進展あったの？」
千鶴子「え？　ありませんよ、進展なんて。毎晩、どれだけ私が……持て余してると思ってるんですか！　昨日も変な夢みたんです。いやらしいやつだよ。冗談じゃなくて、このままだと私、本当に……、」
アキ「駆け落ちしなさいよ、駆け落ち。」

間

アキ「……え、今なんて？　かけ……かけ……？」
千鶴子「駆け落ち。……駆け落ち？　で合ってる？」
アキ「えええ！」
千鶴子「違うの、聞いて。違うの、私、分かったのよ。」
ヒロ子「何分かったの。」
千鶴子「要するに人生、好き勝手にした人間が勝ちなのよ。人の迷惑なんて考えずに自分のしたいように生きりゃいいんだって、思った！　めっちゃ！　だから江尻さんがそんなにお舅《しゅうと》さんを諦められないなら、どんな手段を使っても手に入れるべきだわ。欲しいものは欲しいって言うべきだわよアンタ。」

ヒロ子　「千鶴子さん、男前すぎるから。」
千鶴子　「え、なんで？　だって本当に今、私から見えてる景色は全然前と違うもの！　（二人に）油入ってみ？　油入ってみ？」
ヒロ子　「いや、いいよ（首を振る）。」
千鶴子　「あー私、なんであんなババアの顔色窺《うかが》ってたんだろう。なんであんな暴力奮う男の言いなりになってたんだろう。やっぱりねー、あれだねー。男はいつでも捨てれないと。男の事情なんか知ったこっちゃないって。ねえ、いいね、江尻さん。アンタ、アンタの都合だけ考えなさい。ジイさんと駆け落ちしなさい、今晩。」
アキ　「……今晩！（ヒロ子に）どうしよう、赤堀さん。千鶴子さん、すんごくすんごくハイだわ。」
千鶴子　「ヒィーーーフッアアアアア！」

興奮して、車椅子で揚げ場をものすごく動き回る千鶴子。
ロデオのように活発、障害者バスケットボール選手のように機敏。
それを「うわあ……」と思って見ている二人。
疲れた千鶴子、やがて息を切らす。

アキ　「千鶴子さん、あの、聞いて聞いて聞いて。私がいくらそうしたくてもおとうさんの禁欲的な部分がね、」
千鶴子「駄目な時は一緒に説得してあげるから。荷物まとめてここにジイさん呼び出して、とにかく。」
アキ　「……。」

十場　野鳥園片隅

光代が金網の前で、侍のように番をしている。
猟銃を抱えて、うつらうつらするのをどうにか堪《こら》えている様子。
蓉子の気配に気づいて、

光代　「誰……！（全然違うほう）」

申し訳なさそうに後ろからお盆を持った蓉子がやって来て、

蓉子　「あのう……。」

光代　「あ、誰ッ?」
蓉子　「蓉子です……。食事を……。」
光代　「食べないって言ってるだろ。どうせお前も千鶴子の言いなりなんだ。ぐるなんだ。私から孔雀を奪う気なんだ。」
蓉子　「違います、私はおかあさんにただちゃんと食事をとってもらいたくて……。」
光代　「食事なら食べてる、自分で（ぼりぼり）。」
蓉子　「だってそれ、鳥の餌でしょう……ッ?」
光代　「これでいいんだ。おいしいんだ。栄養もある（ぼりぼり）。」
蓉子　「荒《すさ》みます、気持ちが!」
光代　「それならもうとっくに荒んでる。ジジイに逃げられてから、私はもうずっと自分が人間の気がしない。」

間

蓉子　「……とにかく、食べてもらいます。」

おかゆのれんげを持って、光代に近づいていこうとする蓉子。
手を払いのける光代。

れんげが地面に落ちる。

蓉子　「……（見つめて）。」

無言で落ちたれんげを拾い、再び食べさせようとする蓉子。
光代、また払い落として。

蓉子　「……（見つめて）。」

再び。今度は光代を抑え付けるようにしながら。
光代、嫌々するように、

光代　「だって落ちたやつじゃん、アンタ……！」

鼻息だけで物を言わない蓉子。
光代を倒し、馬乗りになる状態で口を開けさせる。

光代　「なんか喋ってー……！　怖いよ、なんか喋ってよぉ……！」

蓉子、無言だが静かに興奮している。
光代の口を開けさせてれんげを押し込んで、

光代「ううー！　アツい！　おかゆ、アツいー！」
蓉子「でもおいしいでしょう？」
光代「（泣きながら味わって）……うん。」
蓉子「あとは自分で食べます？」
光代「うん……。」

光代から降りる蓉子。二人とも息切れしている。
食べ始める光代。
蓉子、辺りをいろいろと見回して銃を手に取り。

蓉子「これは……狩猟用ですか？」
光代「違う、護身用だ。山に入ったとき熊が危ないから。」
蓉子「これは、（と有刺鉄線を刺して）」
光代「……もっともっと頑丈にしとかないと、またあそこか…私の夢が駄目になるんだ。」
蓉子　「……おかあさん、怖いものには逆に蓋《ふた》をしないほうがいいんじゃないでしょうか？」
光代　「（食べながら）何。なんのこと？」
蓉子　「だって……あれじゃおかあさんにとってあの場所がどんどん怖い場所ってことになっていくと思うんです、アタシ。怖いものには飛び込まないと、一生怖いんだって思い続けたままですよ。」
光代　「…………本当はもうとっくにジジイが戻ってくるわけないって分かってるけど。私だって。……でもどうしたって待っちゃうんだ。……どうしたらいい？　謝りたいんだよ。みんながあの人のこと野鳥園目当てだって噂して、私はそれを、なんでだろう、信じちゃった。あの人はいつだって笑って、優しくしてくれたのに、私が責めて悪い言葉であの人のことを駄目にした。だからあれからずっと謝りたくて、きれいな鳥をいっぱい飼って待ってるのに…（泣く）…どうしたらいい？」
蓉子　「……。」
光代　「一生懸命やってるのになあ。私の人生はなんでこんなにもうまくいかないんだろう？　そんなに私、駄目だった？」
蓉子　「……。」

猟銃をいじっている蓉子。
立ち上がって銃を手渡し、

蓉子　「残さないで食べて下さいね。」

言い残して去る。

十一場　雑木林

みっちゃんとヒロ子が遭遇している。

ヒロ子はエプロンの裾を利用して卵をごっそり持ち運ぼうとしているところ。

みっちゃんは血抜きした鳥の死骸を使って、猟奇的な光景を演出しているところだった。

立ち尽くしたヒロ子が顔面蒼白で、

間

ヒロ子「……ええ！」
みちる「あの……あの……（言い訳しようとするが）蓉子さんの部屋から見える景色を、もっと悪魔的にしようとしてました。申し訳ありません。」
ヒロ子「……。」
みちる「……。」

荷物を持って帰ろうとする、みちる。

ヒロ子「誰にも言わないよ。」
みちる「（振り返る）」
ヒロ子「よく分かんないけど、私馬鹿だからさ、説明できないもん、今何見たのか分かんないよ。」

と言いながらみちるに近づき、

ヒロ子「っていうか私もほら、卵ちょろまかしてきたところだったんだ。あげるあげる、卵、あげるよ。（エプロンをぐいぐいやって）」
みちる「（一個取る）ありがとう……。」

ヒロ子　「喉渇《のど》いてない？　こうやって飲むのよ。ちょっと待ってね（と卵をエプロンから地面におろす）。」

ストローみたいなものを突き刺し、みちるに渡すヒロ子。

ヒロ子　「はい。」
みちる　「（もらう）」
ヒロ子　「あのさ、あのね、私、あなたのこと知ってるよ。みちるちゃんだよね、お父さん大工さんだよね。家作るのもうまいけど、セックスもねえ、なかなかいいセックスするんだよー。（ニコニコ）」
みちる　「（驚いてヒロ子を見る）！」
ヒロ子　「ああ、ごめん、昔だよ。昔。お父さん、結婚する前。」
みちる　「……私も……あなたのこと知ってます。あそこが優しいで有名なヒロ子さんですよね。」
ヒロ子　「えへへ。（照れる）」
みちる　「普通にうちの父も、褒《ほ》めてました。悪い顔一つもしないで、あの人は大物だって。」
ヒロ子　「えへー？（照れる）」

みちる　「……本当に内面もそんなに、ニコニコした感じなんですか？」
ヒロ子　「ん？」
みちる　「嫌なやつのこと、こいつ死ねばいいのにとか思わないんですか？」
ヒロ子　「こいつ死ねばいいとか思わないよ、私、嫌いな人一人もいないんだよー。」
みちる　「いいですね、そんな……みんなに優しくできて。なんか私だけがすっごい駄目人間みたいだ。普通だと思うのに……っていうか人のこと悪く思っちゃ駄目なんですかね？　絶対いいと思うんですよね人間だし。そんな駄目なことですか？　そんな軽蔑されること？」
ヒロ子　「なんだなんだ、どうしたの、悩んでるの？」
みちる　「悩んじゃ駄目なんですか？」
ヒロ子　「そんなこと言ってないよ。相談乗るよ私でよかったら。」
みちる　「……いいです。自分で考えて解決します。」
ヒロ子　「だね。それもいいね、自分で解決するのもいいことだよね。」
みちる　「……じゃあ、」

みちるの顔色は晴れない。
帰ろうとするみちるのショルダーバッグをつかんでいるヒロ子。

みちる「え、何ッ？」
ヒロ子「ウソウソ。ウソウソウソウソウソ。うーんと、あのさ、私にもあるよ、人として本当は思っちゃいけないこと。」
みちる「（疑わしげ）本当ですか？」
ヒロ子「……母親が私、産むとき、すっごい難産だったんだって。陣痛の痛さって知ってる？　もう半端《はんぱ》ないんだよ、いっそ殺してくれって思うらしいね、本気で。五分おきに痛くなるのが普通は二時間くらいで済むんだけど、うちのおかあちゃんは二十四時間その状態だったの。妊婦だから麻酔もしちゃ駄目なの。想像できる？　殺してくれって絶叫するような痛さが二十四時間だよ？　……なんか、なんとなくだけど私も同じことになるような気がするんだよね。分かるの。これ、難しい、予感としか言いようがないんだけど……、」
みちる「えっと？　子供ができたんですか？」
ヒロ子「……うん。できたー。」
みちる「誰のッ？」
ヒロ子「神様の。」
みちる「（目が開く）」
ヒロ子「でもいいの、そこはもう自分の中でいいのいいの。」

みちる「ああああ（動揺する）。」
ヒロ子「そこじゃなくて、だから、えっと痛さ？　それが嫌で……つまり、命は尊いんだけど、痛いの嫌だなあ、私。」

間

ヒロ子「命って痛いの我慢しなきゃいけないくらい、尊いのかな？」
みちる「それは……さすがに尊いんじゃ……！」
ヒロ子「だよねだよね、えへへ（照れる）。」
みちる「……え、お、おろすんですか？」
ヒロ子「えへへへへ。」
みちる「え、おろす……、」
ヒロ子「（最後まで言わせず）えへへへ。」
みちる「（ショック）……ごちそうさまでした！」

走っていくみちる。

ヒロ子、ニコニコしながら卵を拾って。

ヒロ子　「ええー。だってさー。だってさー。だってさー……。」

十二場　麩揚げ場

夜。
舞台には揚げ場。紗幕《しゃまく》越し。
夜逃げの恰好《かっこう》に身を包んだアキが、落ち着かなさそうに一人で待っている。
傍《かたわ》らにはスーツケースが二つほど。
がちゃりとドアが開いて、

アキ　「おとうさん……！」

アキの姿を見て逃げようとしたらしい。

アキ　「待って下さい！　おとうさん、待って！　ちょっと待って！　ちょ……ちょっとおおお！」

義父　「……。」

アキ　「ごめんなさい、大きい声出して。でも、あの、そこまで私のこと避けなくても……太一さんのことで大事な話があるって書き置きは嘘ですごめんなさいでもこうでもしないとおとうさん、絶対に私と向き合おうとしてくれないから……（ボロボロ泣き出す）同じ家にいるのに、もうずっと、口すら利《き》いてくれないじゃないですか。私、おとうさんの声、全ッ然耳にしてないです……！」

その場に座って泣き崩れるアキ。
やがて開きかけだったドアから、義父が現れる。
義父の姿は紗幕越しと照明の加減でよく見えない。
が、アキに近づいていく義父。

アキ　「……駆け落ちして下さい、私と。」

義父　「……。」

アキ　「二人で、誰も、知らないところに行って、」
義父　「……。」
アキ　「どうしよう。失敗したんですね私。口にしちゃ駄目だったんですねやっぱり。」
義父　「……。」
アキ　「(追いつめられて) あの、じゃあせめて私と一回寝て下さい、なんて……、」

言いながらアキが体を起こそうとする。
反射的に義父があとずさって一斗缶にぶつかる。

間

アキ　「おとうさん、やだ、そんなに動揺したら本気みたいな……、」

アキ、自虐的な半笑いを浮かべていたが、真顔になる。
義父の顔にそっと触れてみる。
頑《かたく》なではあるが、義父はされるがまま。
このまま強引に押せそうな空気が流れる。

しかし、

アキ「……血？　おとうさん、嘘、唇からすごい血……！　噛《か》み締めたんですね……ッ？　舌を噛んだんですね、ご自分で……！」

義父「（がくがくぶるぶる）」

アキ「そんな目しないで下さい！　違うの、私、おとうさんを悲しませたくない……！　おとうさんがそんなに心苦しいなら、私も一生……我慢します……！　だからそんな目しないで！」

義父「……。」

アキ「誓います！　触《さわ》らないわぁ……！　もう二度と……！」

離れるアキ。
息は荒い。
あとずさり、なぜか油の中に腕を付ける。
月明かりで腕がなまめかしく光る。

アキ「ア……おとうさん、ぬるぬるします……。油がすんごくぬるぬるして……！」

自分の顔に塗り出すアキ。

アキ「触らなくていいから、見て下さい私のこと。私……どうですか？」
義父「……！」
アキ「おとうさん……おとうさん……おとうさん……！（興奮が最高潮に！）」

壁にもたれ耐えていた義父が、弾かれたように麩揚げ場を出て行く。

アキ「（ハアハア）……。」

涙が込み上げて、むせび泣くアキ。

アキ「ふうう！」

十三場　井戸

同時刻。
そわそわと揚げ場のある方向を気にしている車椅子の千鶴子と、水道で溲瓶とおまるをせっせと洗っている蓉子。

千鶴子「……うまくいってるかしらね。」
蓉子「どうですかねえ（ゴシゴシ）。」
千鶴子「合図することになってるのよ。もし私が出てったほうがよさそうなら、窓から手をね、手を振る……（窓に意識が奪われ、声が消えていく）……違った。見間違いだ。」

千鶴子、車椅子をくるりと反転させ、蓉子の背中を見つめる。

しばらくして、

千鶴子「蓉子ちゃん、悪いわね、そんなことまでさせちゃって。」

蓉子「ああ、全然平気です。」

千鶴子「そう言ってくれると助かるわ。私はね、もうこれから人のこと考えて配慮するっての、やめたのよ。ババアのことも旦那の顔色も窺うのやめたの。私は私のことしか考えない。したいことしかしない。それに巻き込まれた人は可哀想だけど、でも自分でその人生を受け入れたんだから全部その人の責任。そう思うつもり。だから蓉子ちゃんにさっき、悪いわねって言ったけど、あれ、嘘だわ。悪いと思ってなんかない、そんなに。蓉子ちゃんの人生が損するのは蓉子ちゃんの責任だもの。」

蓉子「(手を止めて)……ちょっとも感謝されてないってことですか？」

千鶴子「感謝はしてるけど。蓉子ちゃんが期待してるほどかと言われれば、自信ないわね。そこまではしてないね。」

蓉子「……え？　今…本心を聞かされて、おねえさんは私がまだ世話し続けると……？」

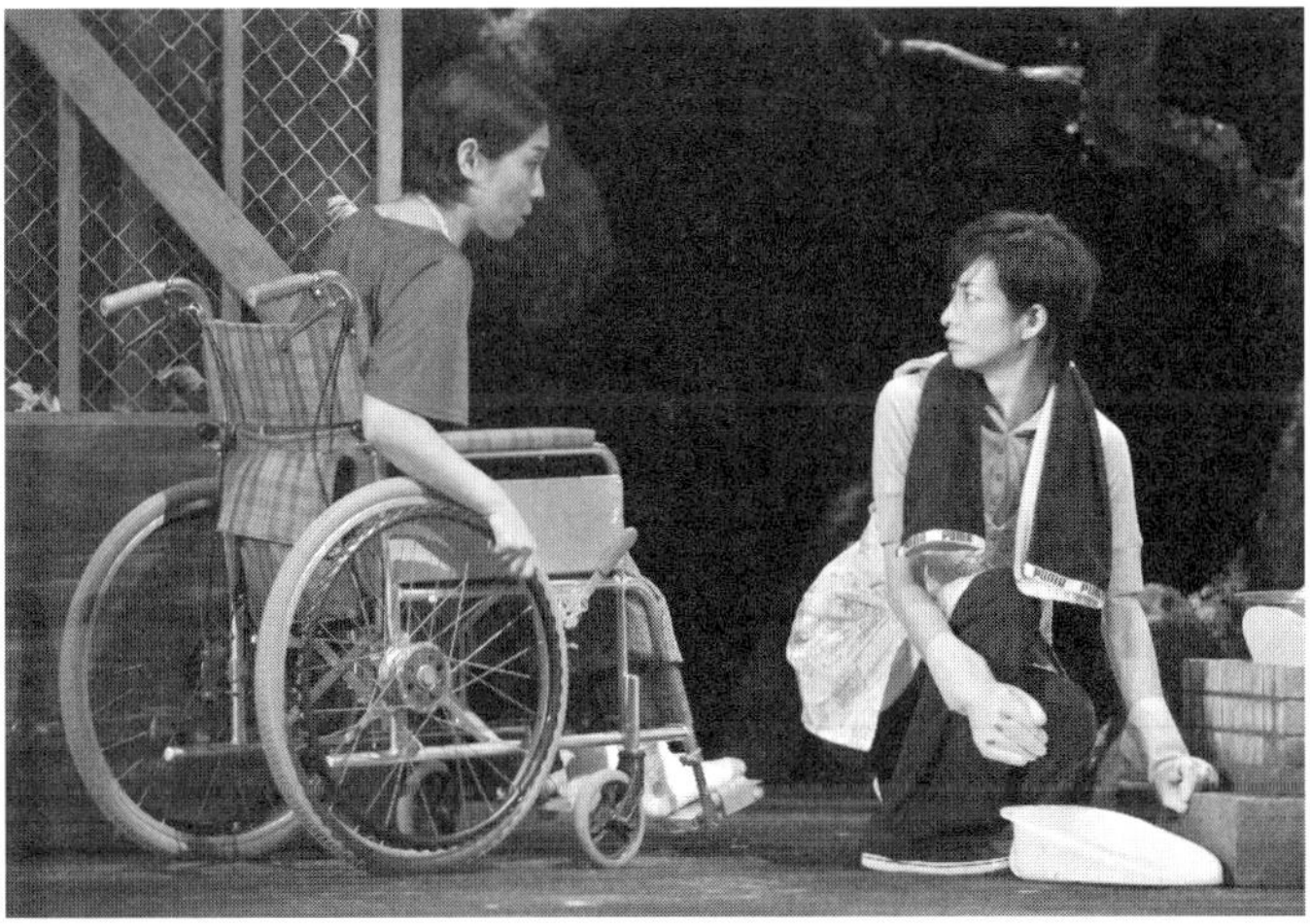

千鶴子　「フェアにしときたいのよ。十年後に我慢の限界がきて傷害事件になるなんて、嫌だわ。だから今ここではっきりしましょう。蓉子ちゃん、こう声に出して言ってくれない？　『私は全部、やりたくてやってます』って。」
蓉子　「……！」
千鶴子　「あの、みちるって子が教えてくれたよ。自分から逃げ出すのが、蓉子ちゃん、絶対に嫌なんだってね。」
蓉子　「……。」
千鶴子　「だったら私の言ってること、的外れでもないいんじゃない？　この状況利用して蓉子ちゃんは自分を成長させようとしてるんだもん。自分磨《みが》きの、私が道具にされてる立場って考えることもできるよ、それ。」
蓉子　「……。」
千鶴子　「嫌なら嫌って言ってもいいけど。」

間

立ち上がって千鶴子に向き直る蓉子。
手にはゴム手袋とタワシが握られている。

足元は汚れた長靴。
蓉子、唾を飲んで、

蓉子「……私は、」
千鶴子「……。」
蓉子「私は…………全部、やりたくてやっています。」
千鶴子「（おまるをさして）誰のため？」
蓉子「……私のためです。……ありがとう、ございます。おねえさん。」
千鶴子「じゃあ特別にもう一つ、任せてもいいことがあるのよ。」
蓉子「……？」
千鶴子「暴力がなくなったのはいいけど、私がこんな体になったせいであの人が、怪しいの、最近。」
蓉子「……（何を言うか見つめている）。」
千鶴子「どうせ浮気されるなら、病気持ってそうなフィリピン人より蓉子ちゃんみたいな子がいいわ。」

間

蓉子　「……おねえさ……！」
千鶴子　「セックスしろって言ってるんじゃない。もっと機械的なやつでいいのよ。射精さえすればいいわ。」
蓉子　「（反射的に手を振り払って）いや……！」
千鶴子　「（それを捕まえて）蓉子ちゃん、ね、誰にも言わない。慣れれば私のシモの世話と変わらないわ、絶対。大丈夫。大丈夫だから。内緒なんだから。汚いことじゃないのよ。」
蓉子　「ふう、ふ……！（歯を食いしばっている）。」
千鶴子　「お願いよ、私じゃ……私じゃ駄目なのよぉ……！」

車椅子に腕を叩き付ける千鶴子。
放心して何も言えない蓉子。
二人とも声を殺して泣いている。

蓉子　「……。」

やがて涙を拭いて立ち上がって、蓉子はおまるを洗い始める。
その背中に、

千鶴子「蓉子ちゃん……？」

蓉子「……分かりました。私がおにいさんのお世話まですればいいんですね。……分かりました。」

千鶴子「引き受けてくれるの？」

蓉子「だって、断ったら……私、自分の何にすがって生きていけばいいのか、分からないんですもん。」

ゴシゴシしている蓉子の背中。

蓉子「でも……おねえさん、一つだけ。おねえさんは、アタシの孔雀を殺しましたよね。」

千鶴子「え？」

蓉子「アタシの孔雀を、」

雑木林のほうから銃声が聞こえる。

千鶴子「何ッ？」

十四場　雑木林

鳥小屋の中でアキが叫んでいる。

アキ「おとうさ〜ん！　アアア！　おとうさあああ〜ん！」

揺さぶられている義父の体は動かない。
衣服が乱れて、必死に抵抗したらしきあとが見えるみっちゃんがまだ震えながら、その光景を見つめている。
鳥小屋のフェンスには「出て行け！」などの張り紙がしてある途中。

アキ「あんた！　何したのよ、おとうさんに！　何したの〜？」
みちる「私は……何もしてない！　鳥小屋に入ろうとしてたら、その人がいきなり襲いかかってきて……！」

アキ　「嘘！　この人があんたみたいな子供に自分から、こんな……半ケツになったっていうの？」

みちる「半ケツどころじゃない！　全部出したわ！　全部出して、私のこと押し倒したのよ、その人……！」

アキ　「アアア〜！」

聞きつけて駆け寄って来る蓉子。

蓉子　「（網越しに）みっちゃん……！」

みちる「蓉子ちゃん！」

蓉子　「何があったの？　なんでこんな時間にいるの？」

みちる「みちる、助けたかったんだよ、蓉子ちゃんのこと。みちるが悪者になれば、蓉子ちゃんもこんなとこから出て行くって目が覚めると思って……！　なのに……なのに……このジイさんが！（義父を指差す）」

千鶴子が車椅子で遅れてやって来る。

千鶴子　「江尻っち！」

アキ　「千鶴子っち……！　死んじゃったわ、おとうさん、油のぬるぬる拭いてるうちに死んじゃったあああ〜！」

みちる　「みちるは何もしてない！　抵抗してたらおばあちゃんが……！」

ぬっと現れる光代。
猟銃を構えている。
一同、凍り付く。
みんなの視線の中、ふらふらと別の鳥小屋に近づき、銃口を向けて、

光代　「ばーん！　ばーん！（撃つ真似）」

みちる　「……『ジジイ、やっと帰ってきやがったなー！』って叫びながら、撃ったの、おばあちゃんが。」

間

蓉子　「おかあさん……！　謝りたいって言ってたじゃないですかぁ！　どうして……!?」

アキ　「え、人間違《ひと》い？　人間違いで撃たれたのね、おとうさんは！」
光代　「ばーん！　ばーん！」
千鶴子　「……はは、発狂したわ。」
蓉子　「おねえさん。」
千鶴子　「間違いない、ジジイを殺したつもりになってついに発狂したわ、ババア。分かるのよ、私、そういうの分かるの！　……見てなさい！」

と言って車椅子で光代の元によっていく千鶴子。

千鶴子　「おかあさん！　シュビドゥバ〜！（掛け声）」
光代　「シュビドゥバ、シュビドゥバ〜！（ノリノリ）」
蓉子　「嘘、おかあさんが……！」
千鶴子　「アハハ！　最高よ最高！　ねえ、ババア？　好きな男の頭にぶっ放せて最高よね？　シュビドゥヴァよね？」
光代　「フウウウウ〜！（と車椅子を押して）」
千鶴子　「ねえ、分かったでしょ？　こういう女！　謝りたいって何十年、同情ひいておきながら、こういう女！　蓉子ちゃん、うらの旦那呼んできてよ！　見せてやるのよ！」

蓉子　「おかあさん、大丈夫ですか？　おかあさん！」
光代　「（義父の死体に近寄ってボソボソ）」
蓉子　「え？」
光代　「……あんなに、ごめんなさい、練習したのに。（ボソボソ）」
蓉子　「おねえさん……！　お母さんが。」
千鶴子　「え。」
光代　「（ボソボソ）……遅い、お前。遅い、お前。私の、きれいな時、見てほしかった。私の好きがちゃんときれいだった時、見てほしかった……。きれいな好きもいっぱいあったんだ、ねえ？　あったよね？（蓉子に）」
蓉子　「おか、」
千鶴子　「（蓉子を制して）シッ。おかあさん。おかあさん。シュビ、シュビ……、（と指を動かす）」
蓉子　「何してるんですか？」
千鶴子　「（さっきのに）戻すのよ。今なら間に合う。」
蓉子　「……そんな！」
光代　「（義父に）ごめんよ、ごめんよ、ごめんよ……。」
千鶴子　「おかあさん！　シュビ……シュビ……。」
光代　「（気を取られて）……。」

蓉子　「お、」
千鶴子「黙って！　シュビ、シュビ……。」
蓉子　「（声にならない）おかあさん、駄目……！」

間。

光代　「…………シュビ……ドゥバ。」
千鶴子「ふううううー！」
蓉子　「おかあ、」
アキ　「（かぶって）おとうさああああーん！」

音楽。

舞台上を動き回る楽しそうな千鶴子と光代。
義父を抱きしめ、泣いているアキ。
その光景を見つめる蓉子とみっちゃん。

暗転。

スライド。

『おかあさんの撃った銃は、』
『私が細工しておいたお陰で』
『空砲で、』
『赤堀さんの義父は』
『心臓に負担が掛かって』
『死んだのだった。』
『私たちは面倒になるとあれなので』
『事故死ということで』
『口裏を合わせる。』

第三幕

十五場　野鳥園

夕方。
鳥が鳴いている。
千鶴子の車椅子と、
光代が乗った車椅子を神妙な顔で押してやって来る蓉子。
三人とも喪服である。
黙って義父の死んだ鳥小屋を眺める二人。
蓉子がどこかをごそごそ漁《あさ》って、

蓉子　「ア、本当だ。ありました、お塩（と壺を取り出す）。」

千鶴子　「……（鳥小屋を見ている）。」
蓉子　「こういうところにも盛《も》り塩《しお》みたいの、しといたほうがいいんでしょうか……。」
千鶴子　「さあ……。」
蓉子　「なんか、みんなおおらかでよかったですね。もっと騒ぎになるかと思ったのに、死ぬときは死ぬでしょーみたいな感じで。誰も……不審がってないみたいで。」
千鶴子　「田舎だからね。（とどこか心ここにあらず）」
蓉子　「（千鶴子を塩で清めようとして）……。」
千鶴子　「いいわ、自分でやる。」

気の抜けたような表情の千鶴子。

蓉子　「……おかあさんも（と話しかけようとして）あら、やだ、よだれ。（と拭いてやる）」
光代　「（小さく指で）ばーん。ばーん。（と鳥を撃つ真似）」
蓉子　「はい、ばーんばーん。死んだ死んだー。」
光代　「ばーん。」
千鶴子　「……これだからこの人の愛情表現は狂ってるってのよ。あんだけ人生注ぎ込んだくせに……蓉子ちゃんが来る前は私が十五年（鳥小屋を顎でさして）犠牲になってたのよ。なのに……。」

蓉子　「まあまあおねえさん、恨《うら》んでも全部自分に返ってくるだけですって。」

千鶴子　「殺したかったたならなんで世話させた……？」

光代　「ばーん、ばーん、ばーん、ばーん、ばーん、ばーん。（と一匹ずつ撃ち殺す真似）ばーん、ばーん、ばーん……。」

蓉子　「おかあさん、そんなにやっちゃ怖い怖い。」

光代、スッと指先を千鶴子に向けて、

光代　「ばーん。（撃つ）」

千鶴子、かっとなって壺の塩を投げつける。

光代　「ぎゃ！」

蓉子　「おねえさん！」

千鶴子　「大丈夫よ。ぼけちゃったんだもの、分かんないよ。ねえ、見た？　さっきこの人、村の人間全員撃ち殺してたよ。ジジイも鳥も私も村人も、全員

光代　死ねばいいと思ってたんだよ。たかが……男に逃げられたくらいで。（塩を）」
千鶴子「ぎゃ！　（千鶴子に）ばーん！」
蓉子「（ムカッ）」
光代「なんとなくですよ。深い意味なんてないですよ。」
蓉子「（蓉子に向けて）ばーん。」
千鶴子「あはは。」
「……蓉子ちゃんこそ、よくそんなに楽しそうにしてられるわね。自分の状況、分かってるの？（自分と光代を示して）冗談みたいだよ。アンタ冗談みたいに不幸だよ、今。あははじゃないよ。」
蓉子「そうですね、でもアタシなんだかもう……、」
光代「（蓉子に）ばーん。」
蓉子「（避けて）ひょい、なんて。」
光代「？？？」
蓉子「ふふふ。」
光代「ばー、」
蓉子「（光代の腕を掴む。）そんな撃ち方じゃ駄目ですよ。ギリギリギリギリギリギリ（と指先を光代自身の額に向けさせて）ばーん。なんて。」
光代「ひゃあああ！　あひゃあああああ！（と本気で怖がる）」

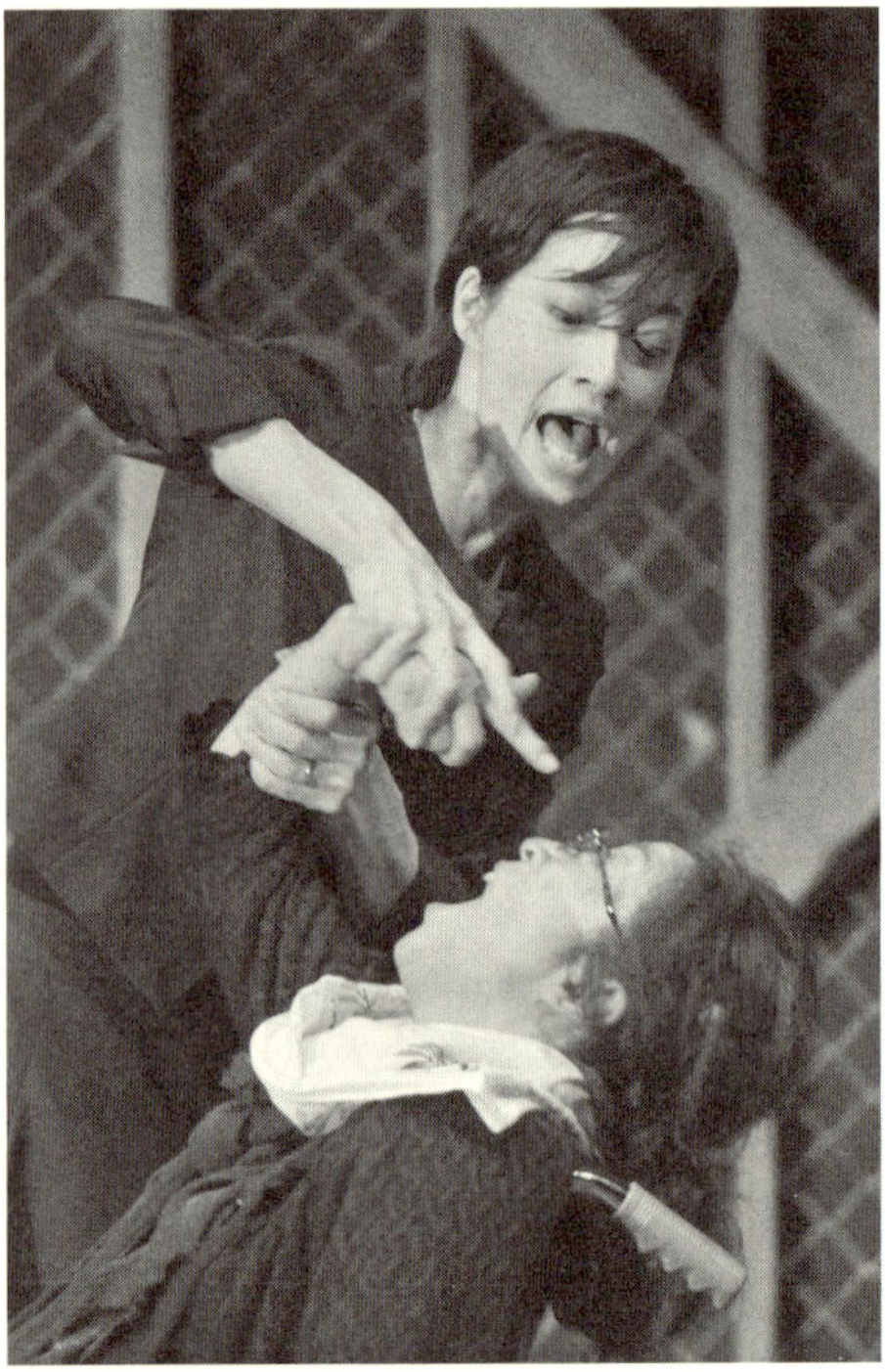

蓉子「お母さん、これはコルトパイソンだから六連射なのでした。ばーんばーん。ばーんばーんばーん。」

光代「アッアッアウ……（がくがく）！」

千鶴子「蓉子ちゃん！　蓉子ちゃん蓉子ちゃん！（地面を指差して）なんか漏れてきてる、下！」

蓉子「え、ああ！　ごめんなさい、おかあさん。大丈夫。嘘ですよ、嘘。」

光代「ウーウー（むずがる）。」

蓉子「気持ち悪いですね、脱ぎましょうね、すぐ。」

と言いながら、かがんで光代のスカートの下に手を入れて、布おむつを脱がす蓉子。

千鶴子はそれを眺めている。

蓉子、汚れたおむつをバケツにすぐ入れて、

蓉子「これ、ちょっと水につけてきます。おかあさんのことお願いしますね。」

走っていく蓉子。

千鶴子「ア、蓉子ちゃん。」
蓉子「はい。」
千鶴子「……話はしてあるから。あの人の部屋に行ってやってね、夜。」
蓉子「あ、はい（頷く）。」

光代と二人きりになる千鶴子。

千鶴子「ふふ、聞いた？　あ、はいだって。もう麩の袋詰め、引き受けるのとおんなじ。私のほうがよっぽど頼み辛いっていうのよ。あの子……おかあさん、底なし沼みたいよね。底、ないのかしらね？」
光代「ウー。」

振り返って、光代をじっと見つめる。
千鶴子、やがて車椅子を動かして近づいて、

千鶴子「……おかーさん（トントン、と足で小突く）。」
光代「……。」
千鶴子「本当に発狂しちゃったんですか。おかあーさん（トントン）。……本当に？

光代　私を……騙そうとしてるんじゃなくて？（トントン）」
千鶴子「（トントンとやり返す）」
光代　「……分かった、本当なんですね。じゃあ、信じます、おかあさんは発狂しちゃった。マジで？　……だったらババア。塩、なめてみろや。（と塩を口の前に持っていく）」
千鶴子「？？？（すくって舐める）。あああ、ウウー！」
光代　「（そのリアクションをすごい目で見ている）」

やがて千鶴子、手近にあったものを松葉杖代わりにして立ち上がる。

千鶴子「揚げ場、行きましょう。おかあさん。すいません、私、自分がこうなもんだから、疑い深いの。」

光代の車椅子を押していく千鶴子。

十六場　井戸

制服姿のみっちゃんがやって来る。
井戸の裏でごしごしやっている蓉子に、

みちる「……蓉子ちゃん。」
蓉子「おお。みっちゃん。」

笑顔で、ひょいと立ち上がる蓉子の手は糞で汚れている。
汗を拭《ぬぐ》ったのか額などにも少し付着していて。

みちる　「蓉子ちゃん、顔になんか茶色いものがついて（と近づきかけて）うんこじゃない……！　なんでッ？」

蓉子　「ああ、今おかあさんのおむつ洗っててね。すぐ落とさないと取れなくなっちゃうの。布じゃないとかぶれちゃうし。ちょっと待っててね。」

みちる　「……。」

蓉子　「あ、そうだ。あのさ、あとでさ、はっと作りたいんだけど、みっちゃん教えてくれない？　スイトンみたいなんだよね？　小麦粉で作るのけなんとなくは分かるんだけど……あれってなんか郷土料理なんでしょ？　おねえさんが私の料理、上手上手って言うから村のみなさんがすっごい期待しちゃっててさ……、」

目をおさえて泣き始めるみっちゃん。

蓉子　「え、どしたの？」

みちる　「（泣いている）」

蓉子　「大丈夫だよ、みっちゃん。人はみんな死ぬよ。忘れていいと思うよ、全部。」

みちる　「違う、ジイさんのことは、いい。」

蓉子　「いいのか……。」
みちる　「そうじゃなくて……あなたのことだよ。」
蓉子　「私？　が？　何？」
みちる　「え、だって……昨日までは、まだ、鳥の糞だったのに……人糞《じんぷん》……なんて……全部みちるが余計なことしたせいだよね？　みちるがあんな時間に鳥小屋とか忍び込まなければ、」
蓉子　「みっちゃん。」
みちる　「おばあちゃんだってあんなことになってないよね？　あんな……千鶴子のやつ、勝手にコラボって……ひどいよ、おばあちゃんはおじいちゃんのこと愛してたから撃っちゃっただけなのに。千鶴子は男と女の愛と憎しみを何も理解してない。」
蓉子　「みっちゃ、」
みちる　「ジイさんはいいの。あいつはみちるに気持ち悪いもの見せようとしたんだから、死んでもしょうがないんじゃないですか。でも……蓉子ちゃんがどんどんしんどくなってくのは、みちるのせいだよね？」
蓉子　「そんなことで泣いてたのか。違うよ。」
みちる　「でも、」
蓉子　「しんどくていいのさ。アタシはしんどくないと逆に不安。アタシに努力させておくれ、みっちゃん。」
みちる　「………でも、千鶴子に変なこと頼まれたでしょ？　変な、いやらしいこと、」
蓉子　「……どうして分かるの。」
みちる　「やっぱり！　あいつが旦那に浮気されまくりなのはみんな知ってるんだ。絶対蓉子ちゃんに押し付けると思った！　ねえ、やめて断って。依存されてるんだよ、蓉子ちゃん、この家のやつらに。」
蓉子　「大丈夫、大丈夫よ。」
みちる　「大丈夫とかじゃなくて……！」
蓉子　「うんうん。分かる。でも大丈夫なんだよ。」
みちる　「依存されてるから……！」
蓉子　「うん。でもあのさ、ここまでくるともうしんどい通り越して……ちょっとだけ……気持ちいいんだあ。」

間

みちる　「……それ、嘘でしょ？」
蓉子　「自衛隊でも、あの上官から、アタシだけいっつも腹筋死ぬほどさせられてたんだ。すっごい苦しかったよ。何回も吐いたしさ、お腹捻《ひね》りきれそうになるし。しかもあいつね、アタシが慣れるだけ、追加すんの。限界越えさせるのが趣味なの。下衆でしょ？　でもね、気が遠くなりそうになっても続けてると、だんだん……癖になっていくっていうか……、」

蓉子「……。」

みちる「アタシ、マゾじゃないよ。苦痛が好きとか、そういうのじゃないんだ。やっぱりね、限界を乗り越えたときの、あの頑張って生きてる充実感、味わっちゃうと、何かに耐えてないとラクしてる気分になるのかな。手抜いてるような気がして落ち着かなくて。損してるよね。でも、まあ、だからいいんだ、みんなのシモの世話だってなんだって。」

蓉子「……。」

みちる「そうだ、これ見て、これ！」

と蓉子はどこかから大事そうに包みを取り出す。
ゴム手袋をしたままだったせいで、

蓉子「しまった。うんちついちゃった。」

みちる「なんなの……？」

蓉子　「部屋に置いてると、おねえさんに見つかるからこっちに隠してあった。ふふ、ていうかおねえさんね、私の部屋に勝手に入っちゃ、私の花嫁道具漁ってんだよ。バレてないつもりなんだけど、洋服とかね、絶対こっそり着てる。化粧品とか黙って調べて、おんなじの買ってる。」

みちる　「それはなんなの？」

蓉子　「これはね、アタシの……宝物だよ。捨てられてたやつ、きれいにして作ったんだァ、自分で。」

手の汚れている蓉子、包みをみちるに開かせる。
みちる、中に入っていたものを持ち上げて、

みちる　「孔雀の羽……？」

羽で作られた大きな髪飾り。

蓉子　「髪飾り。きれいでしょ？　自信作だよアタシの。本当はもっときれいなんだろうけど、あの時見たのはもう全然思い出せないから、今のところ、アタシの一番きれいはこれよ。ねえ、つけてみてくれない？」

頭を出してみちるに髪飾りをつけさせる蓉子。

蓉子　「似合う?」
みちる　「う、うん……。」

蓉子、嬉しくなって蓋をしてある井戸の上に乗って、

蓉子　「アア、歌、なんで分かんないのかなあ。アタシ、歌のよさとか、全然分かんないんだよね。音楽いらないのアタシ。たまに施設に歌手が来てさ、覚えようとしたんだけど。一曲くらい好きな歌ほしいなって。有名なやつ覚えとこうとしたの。銃の組み立て中に、忘れないように呟《つぶや》いてたら、あいつに見つかってぶたれたけど。好きな歌ほしかったんだ。嘘好きな歌。(少し鼻歌)こんなだったかな、出だし。(もう少し歌う)うん、こんなだった。ねえ、みっちゃん聞いてくれない、嘘好きな歌。たぶんまだ覚えてーーーー、」
みちる　「気持ち悪いな!」

間

蓉子　「……え？」
みちる　「ああ、駄目だ。やっぱり蓉子ちゃん、やばい、気色悪い。それが嫌なことから逃げないで成長していった人の、あれなの？　自分磨いていった先の、あれなの？　なんだろう、全然羨ましいと思えないや。臭いし汚いし、歌歌おうとしてるし……哀れだよ。なんか、すごい心が空っぽになるよ、蓉子ちゃん見てると。」
蓉子　「みっちゃん？」

井戸から降りて近寄っていこうとする蓉子。

みちる　「来ないで！」
蓉子　「え、なんで？　汚い？　ごめんね。（ゴム手袋を外して）」

近づく蓉子からみちる、あとずさるようにして、

みちる　「（包みをポケットから出して）これ、なんだと思う？　ネットで注文しといて

よかったよ。みちる、蓉子ちゃんのこと好きなのか嫌いなのか、本当はね、もう分かんないんだ全然。だから確かめに来たの。……ねえ、好きと嫌いはすごく似てるんだね。みちる、おばあちゃんの気持ち結構分かっちゃうな。……これ、餌に混ぜるよ。鳥、全部死なせて、蓉子ちゃんがみちるの前で気持ち悪いこと喋ったの、後悔させてやるから……！」

と鳥の餌に粉を混ぜようとするみちる。
蓉子、みちるを突き飛ばしてそれを取り上げて、

蓉子　「何してんのッ、鳥が可哀想でしょ？」
みちる　「……蓉子ちゃんなんか死んじゃえばいいんだ！」

間

蓉子　「（半笑い）なんでそんなこと言うの？　ひどいよ。仲良しだったじゃないか。」
みちる　「みちるに構ってくれてると思ったからだよ……！　でも……なんで、こんな人のこと助けようとしたんだろう？　あなた、ただのナルシストだよ

ね。自分のことしか考えてませんよね？　みちるのことなんかどうでもいいんでしょッ？」

蓉子　「そんな、」

みちる　「努力してないと生きてる気がしないなんて、ほんとに可哀想な人ですね。自分の中に信じられるものが何もないいんですね。みちるがあなたのこと見て心が空っぽになるのは、あなたが空っぽなのを必死でごまかしてるからだよ。ねえ、ぐらぐらなんでしょ、本当は全部。」

蓉子　「……。」

みちる　「そこまでしないと生きてる実感ないんなら、死んじゃえばいいじゃない。」

蓉子、かっとなってみちるにつかみ掛かる。

みちる　「離して！」

蓉子　「……！」

もみ合って、鳥かごにみちるを突き飛ばす蓉子。

みちる　「痛ァ！」

蓉子、かんぬきをして、

みちる　「ばらしてやるから、これが本性だって。これが蓉子ちゃんの……これが……！」
蓉子　「……人のこと、なんでぐらぐらとか言うの？」
みちる　「……だって、」

去ろうとする蓉子。

みちる　「……お願い、蓉子ちゃん。行かないで。こんなとこ一人にしないで。」
蓉子　「（止まらない）」
みちる　「いやだぁ！　嘘でしょ？　ねえ、おじいちゃん死んだ場所なんだよ？　怖いよ。……夜になっちゃうよ、怖いよ蓉子ちゃん！」

去っていく。

みちる　「ごめんなさい。ごめんなさい。もう変なこと言いません。出して。出して下さい！　……蓉子ちゃあん……！」

十七場　揚げ場

じたばたと動く、孔雀が袋か何かに入れられて、油の中に浸かっている。
杖で抑え込んでいる千鶴子。
その光景を視界に入れている車椅子の光代。

千鶴子「……おかあさん、いいんですか？　ほら、スイッチ切らないともうすぐ揚げ死んじゃいますよ。おかあさんの大事な、孔雀。」
光代「……。」
千鶴子「いいの、スイッチ。ねえ、本当にいま熱くしてってるのよ。本当なのよ。……あんなに寝ないで守って……、」

光代　「……ばーん。」

千鶴子「（杖を捨てて）……発狂なんて……卑怯《ひきよう》だと思う……！　私が、今までどれだけ……！」

孔雀の動きが小さくなっていく。

千鶴子「どれだけあの人に構ってもらえなかったと思ってるの……ッ？」

光代　「……。」

千鶴子「私の計画はァ！　これからあんたがヤスオのかわりにタダシさんのことを猛烈に可愛がり出して！　それが鬱陶しくなって！　タダシさんがあんたに飽きるっていう……！　それを……それを……やってもらわなきゃ駄目だったのにぃ……！　間違えた……！」

光代　「……。」

千鶴子「飽きられる前に発狂なんて……！」

孔雀が完全に動かなくなる。
千鶴子の背後のドアから、車椅子を押した蓉子が入って来る。
蓉子は髪飾りをつけたまま、孔雀の死骸《しがい》を見て、動かない。

千鶴子　「……死んじゃったわ、おかあさんの孔雀。」
光代　「……。」
千鶴子　「おとうさんとの思い出、死んだのよ、今。」
光代　「……。」
千鶴子　「……分かんないのね。」

間

蓉子　「……おねえさん。」
千鶴子　「（驚いて振り返る）……！」
蓉子　「……おねえさん。おねえさん。」
千鶴子　「……。」

車椅子を押してゆっくり近づく蓉子。油機の前に立っている千鶴子のすぐ背後に。
蓉子は顔を伏せたまま、

蓉子　「……おねえさんは、アタシの純愛の話を知ってたはず。」
千鶴子　「……。」
蓉子　「アタシの、心のよりどころを知ってたはず。」
千鶴子　「……。」
蓉子　「こんなことされたらアタシがどれくらい傷つくか……想像できたはず。」
千鶴子　「(危険を感じて車椅子に座って) ……ごめんだね。蓉子ちゃんのこと、考えてる余裕がなかった。」

間

蓉子　「……こんなにもいろいろおねえさんたちのためにやってきたのに、本当に少しも考えてもらえないのね、アタシの事情は。」
千鶴子　「……。」
蓉子　「アタシの努力はなんだと思われてるんだ？　アタシが悲しいのとか我慢するのとか、そんなに簡単なことだと思われてる……？　すっごい頑張らなきゃ飲み込めないんだけど……！　夜、うなされて寝れないくらい、受け入れられないのよ、本当は……！　分かってるの？　アタシの中にそういう苦しみの時間があってから、受け入れてるってこと……！」

千鶴子　「……蓉子ちゃん、やめて。やめてね、変なこと。」
蓉子　「……変なことって？　アタシは変なこと、いっぱいされてきましたけど……アタシはやっちゃ駄目なんだ……？　なのにアタシがこんなに傷ついてるのは、どうでもいいと思われるんだ……？」

蓉子、下を向いたまま車椅子のハンドルを強く握りしめている。
すぐ目の前には孔雀の死骸の浮かぶ、油が煮えたぎっている。
肩をふるわせる蓉子。

蓉子　「……。」

長い時間があって。
やがて、蓉子は車椅子の向きを変える。
揚げ場から千鶴子を追い出し、ドアを閉める。

蓉子　「……集会所のみなさんにはっとをもってくって約束したんです。おねえさんは汁の下ごしらえをしておいて。」
千鶴子　「……分かったわ。」

戸惑いながら千鶴子が去って行く気配。

蓉子、ドアを背もたれにして、

蓉子　「ふぅ！　あはは……！　乗り越えたよ……アタシはちゃんと乗り越えたよ……！　ねえ、アタシがもし成長してなかったら、我慢できてなかったと思わない？　アタシが努力してきたから、殺さないで済んだと思わない？　普通殺すのよ！　あそこで弱い人間は、絶対……！」

光代　「ウーウー。」

蓉子　「ねえ、強いでしょ、アタシ。ばあちゃん、もうばあちゃんって呼んでもいいね？　ばあちゃん子だったからそっちのほうが言いやすいんだ。」

光代　「ウー。」

蓉子　「おしめか、今かえてあげる。あはは、うんこなんか全然平気なんだよ。だってアタシ、強いんだ。見てたでしょ？　偉いの。ご飯しっかりちゃんと食べてるから（孔雀の羽を油から一枚すくって）なんだって乗り越えられるのよ、アタシ。」

と言いながら、おしめを取り出す蓉子。

光代　「ああうう。」

蓉子　「……ヤスオさんと結婚決めた本当の理由、教えてあげようか、ばーちゃん。あのね、あの人お見合いの時にアタシのこの顔見て、『偉そうな顔ですね』って言ったんだよ。偉そうって、偉いですねにちょっとだけかぶってるなと思って、結婚しちゃったよ。だってアタシ……誰にも褒められたことなかったんだもん。褒められたくて、ばーちゃんの息子と結婚してやったよ。内緒だよ。」

光代　「……。」

蓉子　「あーあ。誰か言ってくれないかなあ、アタシのこと『偉いね、よくやってるね、おつかれさま』って。そしたらアタシ、その人のためになんでもしてあげるのになあ。」

車椅子の光代におしめを履かせようとする蓉子。
光代の手が蓉子の頭に置かれる。
蓉子、動きを止めて。

蓉子　「……何。ばーちゃん。今、奇跡が起きてる気がするんだけど……。」

光代　「ウー。」
蓉子　「……嘘でしょ。アタシ、頭撫《な》でてもらえてる？」
光代　「アウウ。」
蓉子　「ばーちゃんに褒めてもらえてるの？　……うんこかえるから？　ア！　待って、もうちょっと……嬉しいな。頭撫でてもらうのなんて、たぶん、初めてよ。」

目をつむる蓉子。
少しして光代の手を持ちあげて、

蓉子　「欲が出た。」

自分の頭を撫でさせて、

蓉子　「偉い偉い。」
光代　「ああうう。」
蓉子　「すごいね、蓉子ちゃんは。……頑張ってるね。」
光代　「あああううう。」

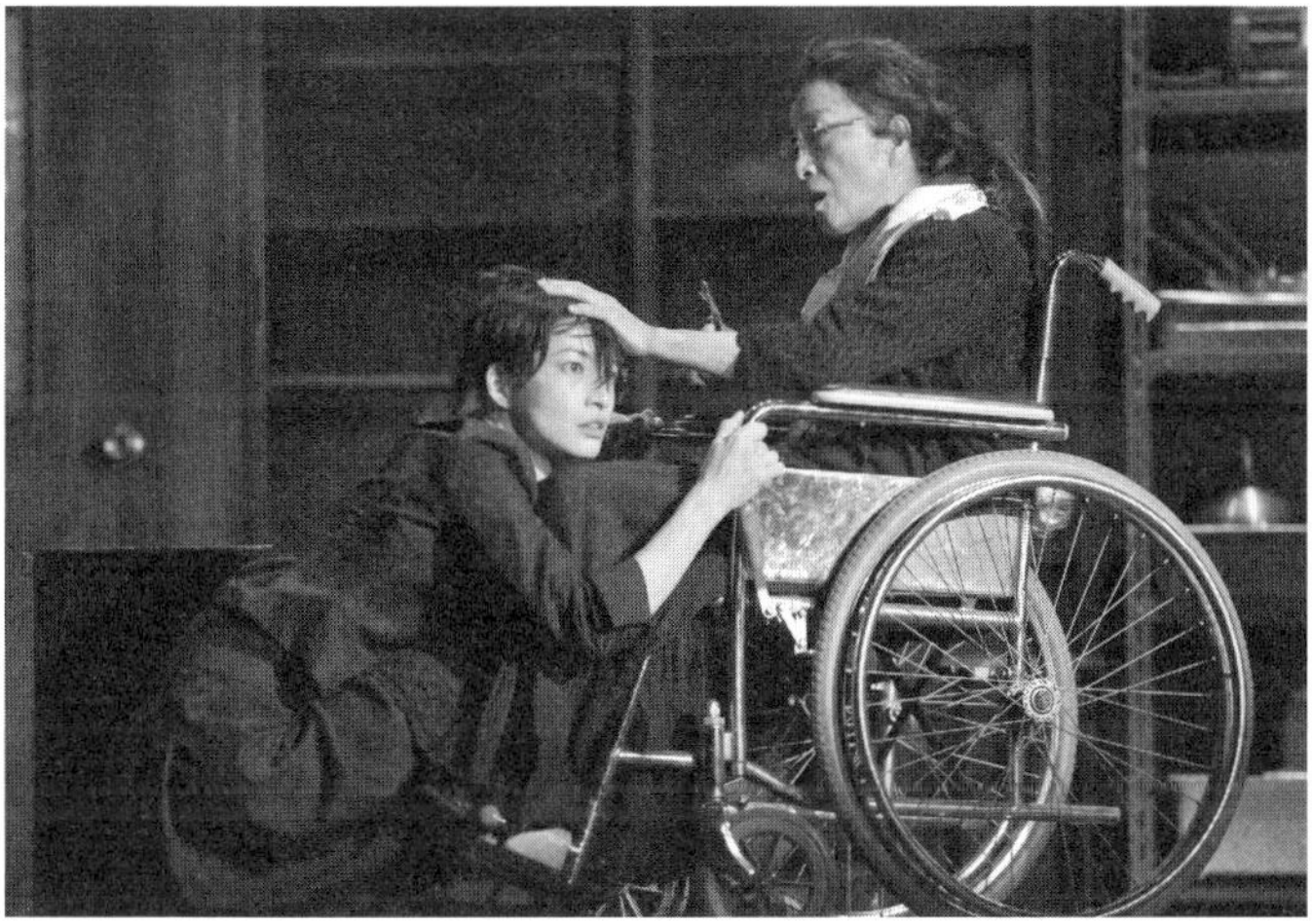

蓉子　「一人で、よく我慢してるね。」
光代　「アー。」
蓉子　「……おつかれさま。」
光代　「アー。」

間

蓉子、光代の手を下ろして。

蓉子　「……決めた。アタシ、ばーちゃんの願い事、叶《かな》えてあげるよ。」

すっくと立ち上がり、おもむろに台の上で小麦粉をこね出す蓉子。
叩き付けて、棒で伸ばして、

蓉子　「……はっとに、みっちゃんの鳥の毒、入れよう。おねえさんに持ってってもらって、みんなに食べてもらうんだ。……どうなるかな？　分かんないけど大騒ぎだよね、とりあえず。アタシのことすぐ捕まえにくると思うけど……でも大丈夫なんだ。だってその頃、アタシとばーちゃんは二人で、駆け落ちしてるんだから。ヤスオの真似して有刺鉄線切って、二人で全然知らないどっか遠くにいるんだよ。想像できる？　ふふ、不安？　……大丈夫、うまくいくよ。」

蓉子、光代を見る。

蓉子　「ばーちゃんが褒めてくれるなら、もう下衆でいいや、アタシ。」

十八場　集会場

大勢のざわめきが薄く聞こえる。
喪服を着たアキとヒロ子がいる。
棺桶《かんおけ》がある。

アキ　「……やっぱり千鶴子さんが駆け落ちなんて言わなきゃ……、」
ヒロ子「だね、それはそうだけど……。」
アキ　「なんで止めてくれなかったの？」
ヒロ子「ん？（ビールの栓《せん》を抜く）」
アキ　「ねえ、知ってるのよ。……寝てたでしょ。」

ヒロ子　「寝てない……待って、何、寝てないよ。」
アキ　「嘘よ。私、ピンと来たのよ。さっきのお焼香《しょうこう》の時の顔、何。」
ヒロ子　「……言ってることが分からないって。」
アキ　「じゃあ一生分からないふりしてなさいよ。」

ヒロ子、困ってビールをグラスに注ぎ始める。
少しして注ぎながら、

ヒロ子　「……ねえ、本当に違うからね。……断ったからね。」
アキ　「（顔をあげてヒロ子を見る）」
ヒロ子　「一回だけだよ。」
アキ　「……一回だけなの？」
ヒロ子　「一回だけだよ。」

間

アキ　「…………どうだったの？　おとうさん。」
ヒロ子「……。」
アキ　「どうだったの、おとうさんは。」

ヒロ子、ビールを置いて改まると。

ヒロ子「……おとうさん、下手だったよ。下手で、ずっとやってる最中……こんな男としかセックスできない女の人は不幸だなあって思ってた。あんなしなきゃよかったと思ったセックス、ない。だから……だからさ、元気、出して。」

間

アキ　「（顔を覆いながら）私、本当にあの人としたかったの……！　あの時、無理やりにでもやらなかったこと、死ぬまで後悔するんじゃないかって……でも…………！」
ヒロ子「下手だった。下手だった。絶対に結ばれなくてよかったよ。あんたのために死んでくれたんだよ、おとうさん……！」

泣く二人。
きゃーと奥から悲鳴があがる。
トレーを持った千鶴子が、車椅子でやって来て。

ヒロ子「どうしたの……ッ？」
千鶴子「なんか向こうで……怖いことが起こり始めてる……！」
アキ「怖いこと？　何ッ？」

ヒロ子とアキ、見に行って、

ヒロ子「何なの、あれ！　何が起こってるの？」
千鶴子「分かんない……！　けど、はっと配ってたら全員いきなり痺《しび》れ出して……白目剝《む》き出して……！」
ヒロ子「え、はっとってこれ？」
千鶴子「そう！」
アキ「集団食中毒かもしれない！」

ヒロ子　「……千鶴子さん、何入れたの？」

間

千鶴子　「何って、私は野菜切っただけよ。何もしてないわよ。あとは全部蓉子ちゃんが……蓉子ちゃんが……！」

アキ　「救急車呼んだほうがいいわよね。でも、でもこれ何人？　何台呼べばいいのかしら……ッ？（行こうとして）」

ヒロ子　「……あ、ちょっと！（と呼び止めて）」

義母が、みっちゃんに車椅子を押されて現れる。

千鶴子　「……なんであなたが、え、蓉子ちゃんは？」

みちる　「二人で来たんです。おばあちゃんが、そうしろって言ったから。」

間

千鶴子　「喋《しゃべ》ったの……？」

みちる　「違います。でも分かるんです。みちるとおばあちゃんは似てるから。」
ヒロ子　「電話……してくる！」

走って出て行くヒロ子。

みちる　「おばあちゃんが謝りたいって。」
千鶴子　「……何？」
みちる　「おばあちゃんが、おじいちゃんに謝りたいって、ちゃんと。」
光代　「ふう、うう。」
千鶴子　「……。」
みちる　「おじいちゃんだと思ってるんです。まだ。」
光代　「うう。」
みちる　「おじいちゃんのこと、自分が撃っちゃったって思ってるから。」

間

みちる、光代の肩を叩いて。

みちる　「おばあちゃん、おじいちゃんだよ。」
光代　「うう。」

車椅子からゆっくり立ち上がる光代。
棺桶へと歩いていく。
光代、棺桶に辿《たど》り着いて、

光代　「う、あ……あああああう、ふあう、うううああ。」

間

光代　「あああ、あああ……（ごめんね、ごめんね）。」
千鶴子　「……。」
光代　「あああ、あああ……（ごめんね、ごめんね）。」

千鶴子、動き出して。

ヒロ子　「千鶴子さん……？」

千鶴子、自分も棺桶の上に横たわる。
光代は分かっておらず、謝り続けている。
棺桶の上で目を瞑っている千鶴子。

光代　「あああ、ううう（ごめんね、ごめんね）。」
千鶴子　「……。」
アキ　「……千鶴子さん、どうなの、それ。」
千鶴子　「なんかね、なんていうのかな……走馬灯《そうまとう》みたいにいろんな思い出が蘇るよ。私の走馬灯、ババアの、嫌な思い出ばっかりだ。」

笑いながら電話を持ったヒロ子が駆け込んできて、

ヒロ子　「ううう！　うううううう！」

アキに抱きつく。

アキ　「え、何？　どうしたの？　電話は？」

ヒロ子「しようと思ったけど……みんな！　みんなお腹痛くて死ぬって……！　死ぬーって……（爆笑）！　私ずっと悩んでるのに……あんなみんなでやられたら（お腹に手をあてて）もうさあ！　もうさあ！　どうしたらいいか分かんないよ……！　どうすりゃいい？（とアキをペシペシ叩く）」

アキ「何？　何？」

みちる、光代を車椅子に乗せて、

みちる「もういいね。最後に全員のたうち回ってるとこ、見て、それでいいね？」

千鶴子「ねえ、どこ行くの？」

みちる「勝手に連れてきたから。蓉子ちゃんのとこに戻ります。」

千鶴子「ババア預けて、あの子は何してんの。」

みちる「……有刺鉄線を切ってる。」

千鶴子「……。」

みちる、行きかけて、

みちる「二人はあなたを捨てて、駆け落ちするからね。」

間

千鶴子　「やっっっっっっっっっっっっっっっっっったあああああああ……！」

みちる、光代を連れて、去る。

十九場　雑木林

動きやすい迷彩柄の服に着替えた蓉子が、後ろ姿で井戸に腰掛けている。
ラジオからは音楽が流れている。
それを聞いている蓉子。
車椅子を押して、みっちゃんが走ってきて。

みちる　「ごめん、なさい。おばあちゃんがあとでぐずぐず言わないように、心残り全部なくしておこうと思って、」
蓉子　「うん。」

蓉子は煙草をくゆらせている。

みちる　「……煙草、吸うんだね。蓉子ちゃん。」
蓉子　「煙草、吸うんだよ、蓉子ちゃんは。みっちゃんも吸いな。」

とみちるに自分の煙草を渡す蓉子。
みちる、それをどきどきしながら吸って、

みちる　「……集会場、えらい騒ぎになってたよ。」
蓉子　「そうなの？」
みちる　「うん。」
蓉子　「じゃあもう行かないとだね。」

蓉子、立ち上がる。
手には大きな鉄の鋏《はさみ》。

みちる　「もしここに誰かが来ても、なるべく時間稼ぐから。」
蓉子　「ありがとう、みっちゃん。さっきは変なことしてほんとにごめんね。」

みちる　「ううん……。」

鋏を光代の膝に置いて、荷物を背負う蓉子。
みちる、その姿を見て、

みちる　「……本当に逃げるんだね。」
蓉子　「逃げ切れるかな？　こんなばーちゃんと逃亡生活なんて、先が思いやられるよ。」

蓉子は髪飾りをみちるの頭に。

みちる　「稼《かせ》ぐからね。なるべく時間稼ぐから。……ねえ、くじけたかったらくじけていいんだよ、蓉子ちゃん。」
蓉子　「うん。でもたぶん、当分これがあるから大丈夫。……ばーちゃん、ウンコかえるよ。」

蓉子がおしめを取り替える真似をすると、光代が頭に手を乗せる。

光代　「うああああ。」

蓉子　「……ほら、すごい仕組みでしょ。これからは褒めてもらえるんだ、アタシの頑張ったぶんだけ。好きなときに好きなだけ頭撫でてもらえるなんて夢みたい。バラ色の日々だよ。」

みちる　「……頑張って。頑張ってね、蓉子ちゃん。」

光代　「ばーんばーん。」

蓉子　「……。」

蓉子、「ばーんばーん」と繰り返す光代の車椅子を力強く押して、ゆっくりと夏目家を出て行く。

完

舞台写真　引地信彦

あとがき

と言っても、現在、これを書いている私はすでに次の公演の真っ最中（劇団、本谷有希子第15回公演『甘え』）なのである。ほんとにほんとに真っ最中。だって今、楽屋だ。今、本番中だ。私はモニターで本番の様子を見ながら、ライライのあとがきを書こうとしている。

できるのかな、そんなこと。

基本的に私は一つのことしかできないのだ。芝居をやりながら小説も書いたりしてるけど、でも順番順番、同時進行なんてできたことない。

ああ、やっぱり本番が気になる。モニターじゃ空気が分からないから、少しだけ客席から観てこようかな……。


結局全部観てきた。

文章だと伝わらないかもしれないが、この二行前からすでに一日が経過しているのである。後ろでは女優がメイクを始めている。昨日ヒーヒー言いながら終わったところだというのに、また始まるのだよ、新しい闘いが。

本当に演劇は闘いだな、と思う。特にうちの舞台は絶対お客さんが喜んでくれるという保証がどこにもない。同じ内容をやっているのに、冷ややかな視線が突き刺さる日もあれば、拍手喝采の日もあって、つくづくライブであることを実感する。

ものを作ってる人の心は串刺しにされて当たり前なんだそうだ。表現するってことはとても怖いことなんだそうだ。それはうすうす気付いていたが、さすがに十年前の自分は「やってくうちに麻痺するだろう」と楽観視していたのである。

全然、麻痺したりなんかしないよ。

心はいつだって串刺しだよ。

でもまあ何をやってもどうせ心は傷つくんだよ。

ライライの主人公の蓉子は、ひたすら健気で前向きで、それゆえに常軌をかわいく逸してしまうけど、頑張りすぎることでしか生きていけない人だって、世の中にはいるよね。蓉子に限らず、駄目なんだけど、あることをしなきゃ生きていけない人達を書いていくのが、やっぱり私は好きなんだろうね。

自分のことなのに、推測だ。

あとがきはほんと、いつも何を書いていいものやら迷うんだ。でもとりあえず今日の芝居がもうすぐ始まるので、そっちに集中しようかな。今日は拍手喝采か、串刺しか。勝負だ勝負だ。生だからやってみないと分かんないんだ、ほんと！

二〇一〇年六月

本谷有希子

実録ルポ

合言葉はエチュード

作・榎本俊二

特別付録　初出…劇団、本谷有希子第14回公演「来来来来来」パンフレット

上演記録

「劇団、本谷有希子」第14回公演

来来来来来

公演日程…2009年7月31日（金）〜8月16日（日）［東京公演：本多劇場］
2009年8月18日（火）［新潟公演：りゅーとぴあ・劇場］
2009年8月21日（金）・22日（土）［大阪公演：サンケイホールブリーゼ］
2009年8月25日（火）［北九州公演：北九州芸術劇場 中劇場］

作・演出

本谷有希子

キャスト

りょう　佐津川愛美　松永玲子　羽鳥名美子　吉本菜穂子　木野 花

スタッフ

美術…田中敏恵
照明…倉本泰史（APS）
音楽…渡邊琢磨
音響…藤森直樹（Sound Busters）
衣裳…畑 久美子
ヘアメイク…二宮ミハル
演出助手…菅野將機
舞台監督…宇野圭一＋至福団
宣伝美術…新上ヒロシ＋上野友美（ナルティス）
宣伝イラスト…中村 珍
宣伝写真…加藤アラタ（kesiki）
WEB製作…ACTZERO
制作助手…嶋口春香、杉田香奈恵
制作…寺本真美
企画・製作…ヴィレッヂ・劇団、本谷有希子

著者略歴
本谷有希子（もとや・ゆきこ）
劇作家、演出家、小説家
一九七九年、石川県出身。
二〇〇〇年、「劇団、本谷有希子」を主宰として旗揚げ。〇七年に『遭難、』で第十回鶴屋南北戯曲賞を最年少で受賞。〇九年には『幸せ最高ありがとうマジで！』で第五十三回岸田國士戯曲賞を受賞。自意識に絡め取られた妄想過多なキャラクター造型に定評がある。三島賞や芥川賞にもノミネートされ、小説家としての活躍も目ざましい。
主要著書
『本谷有希子文学大全集　江利子と絶対』『腑抜けども、悲しみの愛を見せろ』『ぜつぼう』『遭難、』『幸せ最高ありがとうマジで！』『あの子の考えることは変』（講談社）、『生きてるだけで、愛』『グ、ア、ム』『偏路』（新潮社）、『乱暴と待機』（メディアファクトリー）、『ほんたにちゃん』（太田出版）他
ウェブサイト
http://www.motoyayukiko.com/
上演許可申請先
（株）ヴィレッヂ
〒一六〇-〇〇二二
東京都新宿区新宿三-八-八新宿〇Tビル7F
☎〇三-五三六一-三〇二七

来《らい》来《らい》来《らい》来《らい》来《らい》

二〇一〇年六月二〇日　印刷
二〇一〇年七月一〇日　発行

著者©　本谷有希子
発行者　及川直志
印刷所　株式会社三陽社
発行所　株式会社白水社
東京都千代田区神田小川町三の二四
電話　営業部〇三（三二九一）七八一一
　　　編集部〇三（三二九一）七八二一
振替　〇〇一九〇-五-三三二二八
郵便番号　一〇一-〇〇五二
http://www.hakusuisha.co.jp
乱丁・落丁本は、送料小社負担にてお取り替えいたします。

松岳社 株式会社 青木製本所

ISBN978-4-560-08080-1

Printed in Japan

岡田利規　エンジョイ・アワー・フリータイム

わたしたちのチェルフィッチュがきりひらく、超リアル日本語演劇の新境地！　「ホットペッパー、クーラー、そしてお別れの挨拶」「フリータイム」「エンジョイ」を収録したベスト作品集。

宮藤官九郎　春子ブックセンター

寂れた温泉宿のストリップ劇場で楽屋世話係をしてるダメ男、春子。そこに元・売れっ子漫才師のブックとセンターが現われて――。人気脚本家クドカンの「出世作」！

佃　典彦　ぬけがら

家を追い出された息子と、〝脱皮〟を繰り返して若返っていく父親の物語。６人の父親が語る記憶とは……。「秀逸なアイデア」と選考委員が絶賛。第50回岸田國士戯曲賞受賞作品。

三浦大輔　愛の渦

裏風俗店でボディ・トーク！　乱交パーティーに集う若者の本音が語られる、性欲がテーマの会話劇。「肉体関係者」たちが織りなす、精緻でグロテスクな人間模様。第50回岸田國士戯曲賞受賞作品。

前田司郎　生きてるものはいないのか

あやしい都市伝説がささやかれる大学病院で、ケータイ片手に次々と、若者たちが逝く――。とぼけた「死に方」が追究されまくる、傑作不条理劇。第52回岸田國士戯曲賞受賞作品。

蓬莱竜太　まほろば

祭囃子が響くなか、男たちは神様をかつぎ、女たちは家系を絶やさぬ方法について言葉を闘わせる――。日本という国家を逆照射するホームドラマ。第53回岸田國士戯曲賞受賞作品。

柴　幸男　わが星

地球の誕生から消滅までをめぐる物語が、団地にくらす少女の日常に重なりあいながら描かれてゆく、現代口語ブレイクビーツ・ミュージカル。第54回岸田國士戯曲賞受賞作品。